君特·格拉斯
文集

Günter Grass
Werke

大脑产儿

Kopfgeburten oder
die Deutschen
sterben aus

〔德〕君特·格拉斯 著
郭力 译

著作权合同登记号　图字　01-2020-5868

Cünter Grass
KOPFGEBURTEN ODER DIE DEUTSCHEN STERBEN AUS
Copyright © Steidl Verlag, Göttingen 1999
Chinese language edition arranged through
HERCULES Business & Culture GmbH, Germany
Simplified Chinese Copyright © People's Literature Publishing House 2022

图书在版编目(CIP)数据

大脑产儿/(德)君特·格拉斯著;郭力译.—北京:人民文学出版社,2022
(君特·格拉斯文集)
ISBN 978-7-02-016771-5

Ⅰ.①大… Ⅱ.①君…②郭… Ⅲ.①电影文学剧本—德国—现代 Ⅳ.①I516.35

中国版本图书馆 CIP 数据核字(2020)第 250357 号

责任编辑	欧阳韬
责任校对	孟天阳
装帧设计	刘　远
责任印制	任　祎

出版发行　人民文学出版社
社　　址　北京市朝内大街 166 号
邮政编码　100705

印　　刷　北京盛通印刷股份有限公司
经　　销　全国新华书店等

字　　数　104 千字
开　　本　880 毫米×1230 毫米　1/32
印　　张　5.125　插页 1
印　　数　1—4000
版　　次　2022 年 1 月北京第 1 版
印　　次　2022 年 1 月第 1 次印刷

书　　号　978-7-02-016771-5
定　　价　58.00 元

如有印装质量问题,请与本社图书销售中心调换。电话:010-65233595

目 录

第一章 …………………………………………………………… 3
第二章 …………………………………………………………… 19
第三章 …………………………………………………………… 37
第四章 …………………………………………………………… 52
第五章 …………………………………………………………… 74
第六章 …………………………………………………………… 91
第七章 …………………………………………………………… 108
第八章 …………………………………………………………… 122
第九章 …………………………………………………………… 142

译后记(一) …………………………………………………… 157
译后记(二) …………………………………………………… 160

献　给

尼科拉斯·伯恩[*]

---

[*] 尼科拉斯·伯恩(Nicolas Born,1937—1979),德国作家。

第 一 章

穿行于自行车流之间,骑车人不断从身边骑过,常出现相同的装束,相同的姿势。这是一个大都市的自行车流,其密集程度犹如热带密林;这是上海,一个生活着一千一百万中国人的城市。异国民众之间,我们脑际突然冒出一个念头:如果将来在两个德国生活的德国人成了九亿五千万,中国人变成了近八千万,世界将如何?

不由自主地,我计算下去,这样的话,为世界施展与生俱来的勤劳的德国人中,萨克森人会达到一亿,施瓦本人会达到一亿二千万。

我们在这自行车流中胆战。这样的假设可以做出吗?这样的假设被允许吗?现在变成了九亿五千万的德国人,如果以他们每年1.2%的人口增长率增长,到2000年,德国人口会达到十二亿。可以想象这样的世界的存在吗?可以指望这样的世界的到来吗?这个世界该不该抵制(可是怎么抵制)这个数字?或者,这样的世界真能容下这么多(包括萨克森人和施瓦本人在内的)德国人,就像能容下九亿五千万中国人一样?

这种的假设理由是否充分?需创造怎样的条件来让德国人口这

样吓人增长,又需通过怎样的方式来取得成功呢?是不是得通过钢铁纪律,通过德国化进程,还得通过"模范母亲或者生命泉协会的精神"①来实现?

为了不在这众多思绪中迷失方向,我们这样安慰自己:如果将普鲁士老传统请回来,统治十亿德国人应该没有问题。就像在中国,尽管经历了种种革命,行政传统仍保障着他们对民众的管理。

至此,乌特和我必须马上回到现实,留意从身边驶过的一辆辆自行车。(我做得几乎不显鼻子不显眼,若走在德国自行车流中,却是无法避免的。终于我们安然无恙地离开了车流,也离开了我们可能会冲撞的其他事情。)然而,当我们结束数月亚洲之行,访问了中国、新加坡、马尼拉、开罗,又回到慕尼黑、汉堡、柏林后,我们的德国现实感中同样伴随着种种假设的出现,不过这些出现是反向的。

具体地说,德国人口的发展问题正引起国人的争论。在野党基督教民主联盟(CDU)指责政府阻止了德国人口的正常增长。他们说,致使德国民族面临人口萎缩的原因,是社民党自民党大联合政府管理不善,政府工作不利,导致人口增长停滞,使联邦德国六千万人口的稳定只能靠外国人的加入来保障,他们认为这简直是耻辱;这样发展下去,如果不考虑外国人(外国人本来就该考虑,自然而然要被考虑)的加入,德国人口增长还会缓慢,人口老龄化趋势更会加剧,

---

① 这四项都为纳粹时期通用的政治方针。当时多子女的母亲被标榜为模范母亲。而生命泉协会是个纳粹协会,宣扬种族纯化。——译注(本书中的注释皆为译者注)

以至不能不预见德国人会消失殆尽的前景。同时人们知道得很清楚,根据统计数据,中国人口在迅速递增,2000年时,他们的人口将达到新高。

如果在联邦议会及公众舆论讨论德国人口减退问题的当口,偏巧一位中华人民共和国国家领导人来访,这很可能会造成在野党的恐惧。这使他们恐惧。德国人恐惧感的增速总是不慢,它比中国人口增长的速度还快,因为会制造恐惧的政治家们将此项工作列入了他们的日程安排。

德国人正在死绝。世界上会出现一个没有人民的空间①。这能让人想象吗?允许不允许人这样想象?没有德国人的世界会是什么样子?没有了德国人,世界会有怎样的新开端?从此世界得靠中国人拯救?没有了德国人其他民族会感到缺什么吗?没有了我们德国人,世界还有什么意义、什么情趣吗?难道世界不用再造出包括萨克森人、施瓦本人在内的新德国人了?回顾历史,德国人的死绝会不会被认为理所应当:他们不过只陈列在博物馆玻璃窗内,世界终于可以安宁下来不再受其野蛮干扰了?

接下来的问题是:德国人如果放弃人口增长,让自己从历史上消失,让自己变成世界新成员的教材,这是不是一种高姿态?

这些假设萦绕脑际,挥之不去,说明已成了我的课题。不知道的是:它们该写成一本书,还是该拍成电影?这本书或这个电影可以以

---

① "没有空间的人民"曾是纳粹为发动战争制造舆论的口号之一。这里是格拉斯借此做的文字游戏。

《大脑产儿》命名,或者两者可以享用同名。这个名字来自有关宙斯神的传说。宙斯神的女儿——女神雅典娜是从宙斯脑袋里出生的。放到如今,说男人脑袋里可以怀孕,实属荒谬至极。

旅行时,行李箱里总带着我的报告草稿,那是一份十四页的英文稿,讲的完全是另外的问题,题目为"两种德国文学"。若应加上副标题,它可能会是"德国——一个文学概念"。这是我在北京、上海和其他城市做的报告。我想阐述的观点是,现在生活在两个德国的德国人,只能在文学上找到共同的德国东西。文学没有边界,即便这个边界会被人为设定。德国人不想让文学没有边界,或者他们不允许这样。因为这两个国家不论在政治上、意识形态上、经济上,还是在军事上都大相径庭。因而与其说他们在携手生活,不如说在分庭对抗。如此说来,他们很难轻松地将自己认同为一个民族,认同为一个民族的两个国家。这两个国家都要充分享受物质性的①生活,这就消除了他们做一个文化民族的可能。除了资本主义、共产主义,他们似乎想不出什么别的,只有物价还是他们都愿意作比较的。

然而,这些年出现了人口增长缓慢问题,亲爱的原油流速也不再理想②,人们寻求起精神内涵,以填充物质上的空缺。人们要寻找精神食粮,寻找那些被称作价值观的东西,用以摒弃思想上的吹毛求

---

① 这里"物质性的"译自德文 materialistisch,它在西德指消费,在东德指唯物主义的。
② 来自中东的原油出口量下降,价格上涨。

疵。伦理观开始降价促销。市场上每天都会有新基督教概念出现。文化也在其中。各种展览、读书会以及讲座多如牛毛。戏剧周没有尽头。音乐人们也听够了。公众抢起书籍如同抓救命草。这个德国或那个德国的作家们都过于出名,其知名度在这个德国超出了警察许可,在那个德国超出了民意测验中公众的期望值,这让作家们诚惶诚恐。

我只想用简单的语言或简化了的语言,对二战后德国语言文学的断续发展,向听众做一简要介绍,我想介绍这种文学不够灵巧的直率性及其形式简约的困窘。在北京,面对(九亿五千万中的)二百位中国人,我这样说:"1945年,德国不只在军事上被战胜了。遭到破坏的也不只是众多的城市和工业设施。更大的损失还在于:民族社会主义①的意识形态从根本上搞乱混淆了德语,腐蚀败坏了德语,德语受到的创伤是大面积的。这样,战后作家不得不使用遭到了破坏的语言,不得不拖上所有语言创伤来写作。这种情形下,与其说他们在写作,不如说在打磕巴。与流亡在外的伟大德国作家,如托马斯·曼、布莱希特相比,他们在写作上的束手无策显而易见。相形于经典文学的宏大,战后作家在组织语言上几乎只能结结巴巴。"

对此,在座的一位中国人——有限被允许前来者之一,说:"我们现在的情况也是如此。我们被'四人帮'破坏了十年(他指的是

---

① 简称纳粹。

'文化大革命'),我们脑子里空空如也,大脑迟钝了。'四人帮'扭曲了语言。有些作家现在才开始小心翼翼地讲起过去发生的事情,如您所说,磕磕巴巴地讲。他们也开始写从前禁写的东西,比如爱情,当然不是肉体上的。关于肉体我们的限制还比较严格。您知道,我们不许早婚。当然这里的原因是人口问题。中国人口太多,不是吗?而且结婚后才能得到节育用品。到现在为止,年轻人的这种困境还没有人写。年轻人没有自己的场所。他们也不允许拥有。"

这是位身着蓝衣的青年人,大概三十出头。他的德语是他在"文化大革命"期间通过教科书学到的。在那个极端的环境下,他必须为书做些伪装,将它包上带有其他画面的封皮。"四人帮"垮台后,他去海德堡学了一年联邦德国的标准德语。"我们,"他说,"我们这代人的确是被变痴变傻的一代。"如今他已是一名教师,还希望继续进修深造,他说,"我们现在学的东西很多,每星期三十八节课……"

我的这对大脑产儿,是一对教师夫妇,他们是伊策霍人。伊策霍是德国北部荷尔斯泰因地区的一座小城,这里的土壤状况介于水洼与海岸沙质地之间,是个人口下降、建筑翻修的亏损不断增长的地区。他三十五六岁,她三十出头。他出生在哈德洼(Hademarschen),他母亲现在还住在那儿。她则在凯坡洼(Kremper Marsch)出生。她父母卖掉乡下住房后,带着养老储蓄搬到了凯坡镇。夫妇俩都属于不断反思自己的学生运动元老。他们相识在基尔,在一次集会上,那是一次反越南战争，或者反对施普林格出版社①的集会，或者是两者都反对的静坐集会。我先暂时说在基尔，实际上也有可能在汉堡，在柏林。十年前他们一定要"砸烂许多将他们毁了的观念"，而且当然要用暴力。但他们的文化革命很快终结，以致他们延长了的大学学业也得终结——其原因几乎不值一提，于是他们也就在短暂摇摆——在各自的合租公寓换了一个又一个侣伴——之后，缔结了百年之好，当然不在教堂，只是在家人陪伴下举行了婚礼。

这是七年前的事了。自四五年前起，他们都成了服务于国家事业的公务员。先做了实习教师、预备教师，然后都成了正式文理中学的教员。他爱她，如同她爱他。这是一对模范夫妇，像其他模范夫妇一样，水乳交融，和美相依。他们还养了一只猫，不过没有孩子。

没孩子的原因不是他们不能生育，生不成孩子，而是因为在她"终于想要"孩子的时候，他总说"先别"。等他想要孩子的时候，她又说："我不想要。"或者说，"不再想要了。考虑问题得实际，得负责任。我们能给孩子什么未来？未来什么希望都看不到。再说，在印度、墨西哥、埃及、中国，孩子已经够多的了。你自己看看统计数据吧。"

这对夫妇都教外语，他教英语，她教法语。都是卡尔大帝中学——简称KKS——的老师，他们教的第二科目都是地理。这所中学所以这样命名，是因为九世纪时卡尔大帝曾派远征军讨伐过荷尔

---

① 施普林格出版社是德国的大出版社，他们出版的《世界报》和《图片报》，当时都反对学生运动，为广大大学生深恶痛绝。

斯泰因。远征军在那儿建起围墙,这就是现今伊策霍的由来。又因为他们都喜欢教地理,除了了解山川河流、土质地矿知识外,他们也会了解到人口问题。他乐于谈论马克思有关通过生产剩余价值达到资本积累的理论,她则喜欢引用数据、曲线和预测资料:"你看,这是南美洲的人口增长率,南美洲有很多国家,人口增长率达到了百分之三,墨西哥都百分之五了。那点经济发展都让人口增长抵消了。可是那个可恶主教,还在禁止使用避孕药。"

她定时服用避孕药,而且总在第一堂课上课前。她要向众人展示她的理智放弃,其方式却稀奇古怪。电影《大脑产儿》可以这样开头:一张印度次大陆的地图前,出现了她的上半身,她的身子几乎遮住了整个孟加拉国、孟加拉海湾和整个加尔各答。服用避孕药后,她将手上的书合上,(没戴眼镜)说:"印度联邦共和国推行控制人口政策,也打算实施计划生育,但是我们可以推测,他们没能成功。"

现在她可以在班上提问:印度比哈尔邦、喀拉拉邦、北方邦的人口状况如何,超出计划的人口有多少。课堂上的学生不必入画面。课堂上讲述的是贫困,是未来。

我对沃尔克·施隆多夫①说:"如果我们拍电影,那应该在印度拍,或者在爪哇,或者在我们刚去过的中国拍,如果我们能得到拍片许可的话。"施隆多夫正和他太太玛格丽特·封·特罗塔②在一起,

---

① 将格拉斯小说《铁皮鼓》改编成电影的电影导演。
② 当代德国女导演。

我们在旅行路上碰到了他们,先在雅加达,后来在开罗。

我们这对教师夫妇也应该去亚洲旅游,就像我和乌特、沃尔克和玛格丽特一样,要去遥远的地方做陌生人,在现实与统计数字间汗颜。他们会经历从伊策霍到孟买的飞跨,会经历时差;他们的手提包里有读物,脑袋里有既定观念,接种了疫苗,还有还怀有新狂妄:我们要来学习……

在孟买人头攒动的街头,他们会首先感到恐惧,如同我们在上海街头出现的情形。他俩大脑中也会出现某种设想:将七亿印度人想象成七亿德国人。不过印度人口的这个中不溜数据不适合我们。按照我们德国人的思维方式,这个数据不够极端。如果我们不死绝,那就该变成十亿。不此,则彼。

我们和施隆多夫夫妇的文化旅游由歌德学院组织。活动排得很满,他们介绍他们的电影,我读我的书。我们的这对教师夫妇应该利用假期搜集资料,因而他们应找一家专门提供原生态旅游的旅游公司。歌德学院的活动安排我是了解的,可这对教师夫妇的旅游计划(以及他们的"艰苦"行程),我还需构思一番。我们的旅游由歌德学院安排,这对教师夫妇的则应由一位导游陪同。这位导游会告诉他们,哪里可以买到象头神,哪里可以买到爪哇木偶;还能告诉他们,如果印度人侧着脑袋摇头,意思是同意;告诉他们什么东西可以吃,什么不可以;告诉他们坐人力车时需付多少小费;告诉他们,他们俩是否可以付钱请当地人,领他们参观一两个贫民区;告诉他们是否可以在那里拍照。

对歌德学院女院长及她的私人困境我就不提了。教师夫妇找到的旅行社导游,在我们的电影里还得拍他。他应在大学学过印度学。我们得说:他应有一张老相的婴儿脸,水汪汪的眼睛总能一目了然,脸上总带有某种神的神态,戴着一副镍边眼镜。对任何事物他都有两个观点。

我们也同样。一方面我们知道修建核电站的风险难以预料,另一方面,我们习以为常的富足生活必须靠新型高科技来保障。田间耕作一方面可为八亿中国农民提供工作和粮食,另一方面农田收入又只能依靠科技农业来提高。可是这个农业科技,又会在一方面以及另一方面使一半以上的农民失去工作,或者让他们改行,至于他们以后该做什么又是无人知晓。在曼谷、孟买、马尼拉和开罗,那里的贫民区一方面应该改建翻新,另一方面改建后的贫民区又会吸引更多人离开农村。总会有这一方面,那一方面。

我们这对伊策霍的教师夫妇,很了解中欧社会里"一方面,另一方面"的方式,不论在生活上,还是在政治上也对这种思维习以为常。布罗克多夫[1]就在伊策霍附近。她是自民党成员。他则热心组织周边地区社民党成员开办有关"第三世界"的报告会。夫妇俩都认为:"绿党的理论一方面有说服力,另一方面也会引起权力之争。"

这些争论以及更多的问题都会让大脑不得消停。他看不到前

---

[1] 这是一个有近一千人口的小镇。这里从 1976 年开始修建核电站,遭到强烈抵抗后停止修建。1980 年年底重新开始施工。1986 年 10 月 8 日核电站正式运行。

景,她得不出生活的普遍意义。她的情绪说变就变,他则一到下午就精疲力尽。她指责她父亲"将家园变卖给了鸡蛋场"。他母亲一人在哈德洼过日子,他本想把她接入他们的教师之家,可实际上他又在找管理优良的老人院,因为他要"理智处理"这个问题。她,理论上原本很想要一个孩子,自从她地理课上的印度次大陆成了她的心病,她就自觉放弃了做母亲的可能。对他来说,学校里的孩子已经让他够受了,到了周末他更见不得孩子,最近他又说:"咱们这套老式单元房,加上花园,住三个人肯定没问题,就算母亲搬来居住。"

这些思虑让他们很不轻松。孩子总是一个问题。不论他们在伊策霍"荷尔斯泰因购物中心"采购,还是在布罗克多夫附近的易北河岸边参加反核电站的抗议活动;不论在考虑买双人床垫,还是在买二手车时,孩子问题都会浮现。眼睛总要瞄向小孩用品,暗暗希望排卵那刻会受孕,购车时会查看车门有没有防范小孩手动的保险机制。交谈中说的总是如果这样,如果那样,比如:如果哈姆的母亲——他母亲(作为孩子替身)搬来会怎样,将她送到老人院又会如何,直到一天上午出现了一次震动,这样的寻常交谈才戛然而止。

那天她——朵特·彼德斯在十年级 A 班上地理课。她介绍计划生育,介绍为了防止人口过度增长可以采取的避孕途径,比如用药或自愿接受结扎节育手术。这时一位女学生(同朵特·彼德斯一样一头金发)站起来,情绪激动地说:"那我们这儿呢?人口不增长了。德国人越来越少了。您为什么不要孩子?为什么?在印度、墨西哥、中国,人口一个劲疯长。我们这儿呢?德国人正在死绝!"

13

施隆多夫和我还不知道,这个班的学生对此会做什么反应。女学生的这种宣泄会不会同她的家庭教育有关?也许站起来的是男生会更好些?这个男生会对外籍工人说风凉话:"以后在咱们伊策霍,出生的就只有土耳其宝宝了!"?或者最好让男生、女生一个接一个说类似情绪化的言论更好些?

不管怎样,(全班哧哧笑着,又惊诧地止住笑后)"德国人正在死绝"的说法更使一种莫名的恐惧蔓延开来,文理中学的朵特·彼德斯老师也染上了这种恐惧。这种恐惧会同其他恐惧混在一起,驱动出一些话语来;这些话语如果不被弗朗茨·约瑟夫·施特劳斯①用在大选上,也会受他安排宣传出去。

"如果我们八〇年拍片的话,"我对施隆多夫导演说,"还会有个问题。我们只能在七、八月拍。因为之前之后都是大选。我不知道你打算做什么,我可是不想对大选袖手旁观。肯定会有很多人想看国家没落的小笑话。"

在北京大学和上海外国语学院,没有人问到两个德国的统一问题,其实对这个问题中国本可以给出一些影响。我也不知道,我要论述的"两个德国,一个文化民族"的观点能否让中国大学生和他们的老师感兴趣,这种兴趣在我们这儿是遇不到的。我说:"经历第二次世界大战后,我们东部西部的邻国,不会再允许在曾经燃起战火的欧

---

① 弗朗茨·约瑟夫·施特劳斯(1915—1988),拜恩州(巴伐利亚州)基督教社会联盟(CSU)的重要政治家,格拉斯的劲敌。

洲中部,再出现一个经济军事上的强权。不过,在一个共同的文化屋脊下,两个德国的存在还是更能让邻国接受、理解,而且这也符合德国人的民族共识。"

这是不是只是一个幻想?一个文学梦?在北京、上海以及后来的其他地方,我在报告中不断陈述这些观点,活像一个四处游说的痴傻布道士。与那些搞分裂的各州君主相对照,德国作家好像很想将爱国者的形象塑造得更像样些——这是不是太冥顽?从洛高①、莱辛讲到伯尔、比尔曼②,我天真地想象听众对德国文化及其发展都很了解(我的这种单纯可能很感人)。(即便我的教师夫妇哈姆和朵特也会对此摆手,觉得难以忍受。哈姆说:"嘿,天哪,这种东西只会出现在电视三台。")

回来了,到家了。结束亚洲之行后,日常生活随即换了内容:中国领导人来访,到处是对德国人正在死绝的担忧,巴罗③被东德驱逐到西德,每晚都有对柬埔寨大屠杀的报道,法兰克福书展余震不绝。二战结束已经三十多年,只要这两个德国还在分庭抗争,许多人的纳粹历史——当然是隐藏着的——会绝对必要地从档案夹中一次次地取出。这些人包括阿登纳国务秘书戈罗布克、联邦总理格奥尔格·基辛格、联邦州总理菲尔宾格、现任联邦总统卡斯滕斯。接着《时代

---

① 洛高(Friedrich von Logau,1605—1655),德国巴洛克时代诗人。
② 比尔曼(Wolf Biermann,1936—),东德异议诗人。
③ 巴罗(Rudolf Bahro,1935—1997),东德异议人士。

周报》出现了一篇题为"即使一切四分五裂,我们还要继续文学创作"的文章,文章不同意将1945年作为德国战后文学的零点,而要将纳粹时期定作德国战后文学的开始。

这篇文章引发大争论,而且余波不断。文章认为战后文学及文学家不存在不纯洁的问题,尤其是那些第三帝国期间没有离开德国,且在纳粹为他们圈定的"自由空间"发表了作品的作家。由于文章中许多半明半暗的地方,暗示了某些作家与纳粹有亲近关系,致使文章中原来的主题变成次要话题,这篇招致争议的文章作者成为众矢之的。

他被称为告密者,应像对待敌对势力一样遭到彻底否决。谁让他去捅那个马蜂窝,而且还公开去捅?!他只有遭到训斥的份,他只得赶快四面说明解释。可是这能管多久?破了禁忌者总会受到相应习俗的惩处。

一旦德国人——罪犯与受害者,原告与被告,有罪者和后来出生的无罪者——陷入对过去的回忆,他们又会站在各自既定的立场上,认为自己有理,还要让他们的有理得到认可。他们盲目地——且错误地——将德国的过去当成现在,于是伤口再次被掀开,那些遭敷衍的、渐渐远离的日子再次浮出。

我不将自己排除在外。在亚洲旅行时,我好像一直带着我那德国问题行李箱,并一直拖到北京。在一次(有甜点的)茶话会上,我问我的中国同事们:那些在文化大革命期间为"四人帮"效力十二年的人,他们受到了怎样的处置。人们以这个国度特有的委婉方式回答我:在最糟糕的时期,文学是被禁止的。腥风血雨吹不开任何花朵;不过当时只有一位作者成了"四人帮"的宠儿,在一贫如洗的文学舞台上写出了八个革命样板戏。直到现在他仍然是作家协会成员。他还继续是协会成员,后来他写出了第九部样板戏。这部同其他几部一样,产生了非凡的戏剧效应。此人才华横溢。可以同他讨论问题。

假如在德国,我们很想要求那人在两个德国分别退出各自的作家协会。(在北京我被礼貌地告知,人们不希望重犯"四人帮"的错误。)我们在重犯哪些错误和谁的错误?

我们这对伊策霍教师夫妇出生在二战之后,他生于1945年,她1948年。他父亲阵亡在战争结束前不久的阿登战役中。她父亲则于1947年年初离开苏联战俘营回到德国,成了一位未老先衰的年轻农民。哈姆和朵特都未经历过法西斯主义,可他们很快将这个词挂到嘴边,一个比一个说得溜儿。这个词实在好用。总能用在什么地方。顺口程度就像说某个大选候选人的名字。

"不,"哈姆说,"他不是法西斯。"

"是个不自觉的。"朵特说,"不然他不会这样急急火火地反击,不会把'法西斯!你们这些红色法西斯!'给你扔来。"结果他们在"潜在的"一词上达成了统一。

他们准备起行装。备一些夏季便装,便装是纯棉的,适合热带地区。就差接种疫苗了。临走前还得去同哈姆的母亲、朵特的父母告别。得把家猫安排好。因为关于要不要孩子的问题,他们自己、他们彼此还没搞清楚,又因为暑假很长,所以哈姆和朵特打算去亚洲旅行,去印度、泰国、印度尼西亚。如果我和施隆多夫能在中国得到拍片许可,他们还会去中国。

第 二 章

争论在继续。我也参与了进去。同我也有关。有人提出几个重要人名:艾希①、胡赫尔②、克彭③和凯斯特纳④。我不知道,什么原因致使这些人得以幸存。他们在纳粹期间没有中断写作,没有停止出版作品。对他们这个时期的表现我难以做出评价。不过我估计,他们一定将自己(艾希和胡赫尔彼此陷入争论)同那些不得不背井离乡离开德国,不得不走上自杀之路,或者被纳粹杀害的作家做过比较。或者,他们战后也不得不同另一些幸存下来的没有离开过德国,也没有利用纳粹精心圈定的自由空间的作家作比较。

我不想评判。我出生于 1927 年,这是一个幸运的偶然,这个事实使我可以不受道德审判。那时我太年轻,所以不会受到严格考查。可有件事情还压在我心头:十三岁时,我参加了一个由希特勒青年团《一起来》(Hilf mit!)杂志组织的作文比赛。我从小喜欢写作,对获

---

① 君特·艾希(Günter Eich, 1907—1972),德国作家。
② 彼得·胡赫尔(Peter Huchel, 1903—1981),德国诗人。
③ 沃尔夫冈·克彭(Wolfgang Koeppen, 1906—1996),德国作家。
④ 埃里希·凯斯特纳(Erich Kästner, 1899—1974),德国作家。

奖这样的事也着迷。可由于我理解上的错误,在描写西斯拉夫民族的卡舒比人时,抒情性戏剧性过强,因而无缘获取希特勒青年团奖及《一起来》杂志奖。

这就是说我一点没沾边。没有什么令自己内疚。一切都无懈可击。只是我的想象:将自己的出生日提前,让自己早出生十年,令我不安。十年算什么!短短一瞬间!想象起来轻而易举。

如果我1917年出生,1933年时我便是十六岁而不是六岁,这样二战开始时我便是二十二岁,而不是十二岁。这个年龄的我,在当时必须服兵役,那么我会像大多数这个年代出生的人一样,不会活过战争。尽管我有死的可能,可凭自己直奔目标的秉性,没有什么可以(或者希望能)阻止我成为一名不折不扣的纯粹党人。我出身于商人之家,被半个卡舒比人①血统压抑着,受德国式理想主义教育长大,肩负种族纯化使命,我很可能会为这伟大目标欢欣鼓舞,很可能会让这套不公正的主观臆造(以全体人民的名义)作为客观真理来灌输。(尽管,或者正因为我叔叔弗兰克在波兰邮局以身殉职,我会在1939年夏末同但泽国防军党卫队有沾染,至少笔头上会有联系。)

我的天赋——我的写作才能会让自己参与到各种运动之中。不论纳粹夺权上台之初、纳粹秋收感恩节、领袖生日之时,还是在后来的战争期间,我都可能去摇旗呐喊,赞美颂扬。特别可能的是,我会活跃在希特勒青年团的歌咏活动中(看看阿纳卡、施拉赫、鲍曼和门

---

① 卡舒比人属波兰人。

泽尔等人的作为吧),我会使用晚期表现主义的密集的词汇,演讲时手脚并用。清晨集合点名时,我的致辞也会派上用场。

或者在严谨细腻的德语老师的教诲下,我知道热爱大自然,内心世界变得羔羊般顺从,我会走上卡洛萨①的道路,甚至更平和,步威廉·雷曼②的后尘:只知夏日阳光灿烂,秋日硕果累累,只知四季变换,而勤奋朝夕。

不过,不论是前者还是后一种情况,不论我在大西洋海岸的墙垒处,在挪威的奥斯陆峡湾,在富有神话传说的克里特岛海岸,③还是作为自愿兵当上了潜水艇驾驶员——这很适合我港口城市的出身,我估计自己都会找到出版社。

有可能的是,从到斯大林格勒开始——这时我该二十六岁了,这是一个什么都明白的年龄——不论做了中尉,还是只是个列兵,这时我都会卷入对游击队的清剿,会参加报复袭击、洗劫行动。我不会见不到驱逐犹太人的疯狂,作为见证人,我会在自己的打油诗和叙述文字中加入新语调:多重含义的,不确切的,灰暗忧伤的,遣词造句都需格外谨慎。而在败退之时(同取得节节胜利时我的写作相比),那些"适合任何时代的诗行"会给予我很大帮助。

这样的平和风格,会一直令我的四十四家出版社及审查部门满意;我还会(如果还幸存着)自然而然地经历无条件投降——那所谓

---

① 汉斯·卡洛萨(Hans Carossa,1878—1956),德国作家。
② 威廉·雷曼(Wilhelm Lehmann,1882—1968),德国作家。
③ 这些地方当时都是纳粹占领区。

的零点,之后可能会度过一两年战俘生涯,之后我会接受各种微不足道的从和平主义到反法西斯主义的缺少热能的新思想,如同成百上千本自传中所述。

据我所知,这类自传中,魏豪赫①的是唯一对这些作出承认的。我得继续我的思路:不错,是这么回事:过渡期没有出现瘫痪,我们没有听到零点钟声,一切在混沌中进行。对这场被忍受的、直接或间接受到支持的、绝对负有共同责任的战争,对其罪恶的巨大震惊是以后出现的,在"所谓零点"后的很多年之后,在再次出现社会进步之后。这种震惊将一直留下去。

这样我参与到这个争论中。我们又达到了一个新平衡。我们可以聪明地民主地组织我们的思想。能让我们理解接受的实在太多。争取权力的强烈欲望被称为"精力旺盛"。而精力旺盛者的语言,尽管是诽谤也会得到宽恕。这就是说:那是他拜恩②人的秉性。我们称自己胆小的躲闪者为自由派。电台大楼里,编辑工作间已经为内心流亡者③备好了书桌、用具。只要出门旅游一趟,回来后,那个既老又新的震惊又会呈现。

在亚洲旅行时,我随身带着有关"德国文学"的报告,带着我的小说《比目鱼》,还带着写满《大脑产儿》关键词的三页纸。所到之

---

① 沃尔夫冈·魏豪赫(Wolfgang Weyrauch,1904—1980),德国作家。
② 拜恩的英文发音为巴伐利亚。
③ 指纳粹时期未离开德国,自诩不与纳粹合作的"内心流亡"的作家。

处,我都将《比目鱼》中的简单章节拿出来读给听众,比如:阿曼达·沃尔克(Amanda Woyke)是怎样将土豆引入普鲁士的。这是一个十八世纪的童话,就好像一个会发生在当今亚洲的故事:一个传统上只种稻米的地方,应该播种一些不为人熟知的作物,比如玉米和黄豆,以使品种丰富,可遭到当地农民强烈反对,直到出现一位中国或爪哇的阿曼达·沃尔克……

那几张写有《大脑产儿》一书关键词的纸页,我只在去的路上读了,并在上面做满了注释。回来加进德国话题后,才又可以在这几张纸上工作了:我的中途离开和其他活动,并没让我忘记这对伊策霍夫妇——朵特和哈姆,现在他们得接着准备出行。

她关注的主要是印度:"不然太容易分散精力,结果什么也不会得到。"

他一定要去巴厘岛看一位学生时代的老朋友:"我想看看他在那儿过得怎么样。再说我们也该放松一下。那里的风景应该不错。民风也应该很淳朴。"

放假前一天,她先把成绩单(两位学生得留级)发给学生,然后将她的旅行计划向全班学生做了通告:"印度是我这次考察旅行的目的地之一。这就是说,关于那里人口增长过速的问题,秋天开学后,我可能会给你们讲得更清楚些。我的意思是说,对这个问题,到时候我可以加上自己的观点了。"

他在他班上说:"前不久我们讲了印度尼西亚。暑假,我和我太太打算去爪哇岛和巴厘岛。你们有什么愿望吗?我还应该专门了解些什么？"

对此一位学生说："您看看那儿的摩托车怎么卖，要日本的。"

哈姆到了雅加达，他在一位中国商人处询问，一辆川崎摩托需要多少印度卢比。这样，影片结束时，对这位对其他事一概不关心的学生，他可以给出富有教育学意义的答复：买这辆车需这么多这么多钱，换成德国马克是这么多这么多，一位印度尼西亚工人的工资是这么多，这辆摩托车的价钱，比一个印尼工人五个月的工资还多，而一位西德工人的工资是……

另一个场景下，社民党党员哈姆应该做一个报告。他先谈地方党组织的日常工作，又谈一些(有可能用上了幻灯片)亚洲大城市的贫民区问题。在此，他告诉大家，他们正在做亚洲旅行计划，旅行回来后，他对这个问题还会做"更深度"的介绍。接着他要求同志们讨论一下贫民问题，这时一位产业工会成员说："我还想对地方日程工作说上几句：咱们能不能想办法，在实科中学前面安上红绿灯？或者……"

哈姆不肯离开他的报告内容，他就事论事道："同志，我们这里讲的是第三世界问题！"可周围响起一片回绝声："是啊，是啊，可是我们也得关心孩子上学路上的安全。这也很重要。是啊，是啊，这个你不懂，哈姆，你反正没有孩子！"

这里影片还要对是否要孩子问题有所表现：去年朵特已经打算(现在还在打算)要一个孩子，可不想让孩子——她的孩子"生在一个被核能污染的世界里"，因而怀孕的第二个月上，她打掉了孩子。

哈姆也赞成打胎:"等你什么时候确实想要孩子了,等州议会选举结束以后咱们再……"

站在易北河堤岸上——这里正处于排水渠和布罗克多夫之间,他们喜欢谈论世界上的种种艰难困苦。对面堤岸下方是一片建筑工地,那里没有围墙,但围有篱笆。从这边可以看到那里的铁丝网围栏、瞭望塔和其他类似民主德国有的防护设施。自从法院作出决议,停止修建布罗克多夫核电站,那里便荒芜起来,越来越富有田园情调。可谁知道呢,石勒苏益格地方法院下次可能又会作出全新判决,取消原判决。

哈姆说:"其实这都是借口,不值一提的借口!一会儿说第三世界人口爆炸,一会儿是州议会选举要开始了,一会儿又是我母亲要搬到我们这儿来,其实她根本没这个打算。阻止咱们要孩子的,顶多是这儿或那儿又在计划建核电站,或者建核电站的计划得到批准了。"

朵特心中对未来还有种种恐惧:"如果连咱们都看不到前景,我问你,怎么能让孩子,让咱们的孩子……"

哈姆玩世不恭起来:"原子核快速增殖反应堆对怀孕过程有阻碍作用!《图片报》可以用它作为一个醒目标题。那咱们以后的退休金从哪儿来?咱们有这么多猪山、黄油山①,还会有退休人员山……"

"行了,行了,反正我不要孩子!"她喊道。

---

① 指产量过剩。

"因为你受不了这份累!"他喊道。

尽管不很情愿,朵特也许还会笑着承认:"那是当然,担心舒适生活会受到干扰也是一个原因。不过有这种情况的不是我一个人。你的情况也不适合要孩子。你总要独立,不受约束,你总得旅游,据我所知,有了孩子这些都可能受到干扰,我说的是,如果咱们有孩子的话……"

站在堤岸上的哈姆,活像个赎罪日里布道的牧师,不过他布道的对象更像湿草地上的母牛、羊群和驶过易北河的油轮,而非朵特:"真的,我跟你说!你要自我实现的神圣权利很危险。咱们的亚洲旅行安排得很周全,可咱们能把孩子背着、抱着到亚洲旅游吗?咱们旅游不光要看名胜古迹,重要的是,我得强调一下,咱们更要看'亚洲大生存空间中的残酷现实'。咱们怎么不想想,咱们能把咱们的胖娃娃当手提包带在手边吗?印度有那么多、那么多的婴儿,可朵特还想给印度带去一个?得给孩子打什么疫苗?是天花疫苗、霍乱疫苗,还是黄热病疫苗?或者孩子也该像咱们一样,临走三星期,天天吃预防疟疾的药片?或者旅游时,只许吃没有一点细菌的罐头食品?那咱们的行李箱里得带多少东西?为了宝贝儿子,咱们得带五十个真空封闭罐头?外加尿垫、消毒器、婴儿车?还得带很多盒子、袋子……"

这时朵特笑了起来,而且笑声很响。她来了一个一百八十度大转弯,改主意了:"那,我要孩子!就要孩子!要怀孕,要胖起来,腰要圆,我想天天睁着母牛眼睛哞哞叫。你听见没有?哞哞叫。这次咱们的孩儿他爸、我的好哈姆,不会在两个月后退缩。真的,你听着,只要咱们一上路,只要跟前这个傻帽核能'集中营'有了了结,我就不吃避孕药了!"

导演作出指令:两人大笑。镜头没停下来,他们不光大笑,还相互抓住对方,抱滚成一团,自由的蓝天下,母牛和羊群之间,他们放任地扒下牛仔裤,哈姆说:"交尾吧。"朵特说:"冲射吧。"对面布罗克多夫核电站的工地上,几个全副武装、带着狗、举着望远镜的人很可能会看到他们。此外,两个喷气式歼击机正在做低空飞行,"该死的北约!"朵特哼道。远处,易北河上的船只在驶来驶去。夏日的天空上白云飘荡。

那几页纸,我将它带到亚洲又带了回来,上面有这样一处笔记:"就要飞抵孟买或曼谷⋯⋯早餐已经收走⋯⋯朵特吃避孕药,哈姆见她吃药,佯装在睡,一副听天由命状。"

进行得有些太快。他们两人起飞前,我希望还应该有一些不肯定状态。行程还不清楚。可以安排的旅游活动实在太多。可都不适合这两位大脑产儿。为忠实这个名字,我必须为他们构思新活动。明天是不是该去贫民区。寻常的观光让人困乏,我们最终想看的是明信片上见不到的:这个世界得了什么病,我们交的税哪儿去了,贫民区里的人怎样生活,是不是同广告上的照片一样:生活得很快活,即便贫穷。

哈姆和朵特的旅游项目"很酷",是在名为西西弗斯旅游公司找到的。(为什么叫西西弗斯?我想以后再问。)

她说:"瞧那些人什么都无所谓的样子。"

他:"不过还实在。"

这家公司旅游广告上对他们要填补的市场空缺有这样的文字介绍:"谁有力气滚石头?谁想了解现实——严峻的现实,想知道什么令我们感到深深不安……"文字由实实在在的机器字符印出。内容简明扼要:给出了南亚婴儿死亡率、人口密度,以及爪哇的人均收入。"西西弗斯"公司还向旅游者介绍了当地食物蛋白成分严重缺乏问题,给出的统计数据可泣可诉,展示了芝加哥商品交易所黄豆价格的上涨状况。

"很明显,"哈姆说,"他们知道,像咱们这样的人不喜欢常规旅游。我们希望贴近现实生活的旅游,不想让人像赶牲口一样从这个门赶进,那个门赶出。瞧,这儿白纸黑字写得很明白:体验未经化妆的亚洲。"

开始时朵特还因价格问题有些生气:"他们就想赚钱!"后来还是觉得他们的旅游安排比较合适,"不管怎么说,文化活动并不贫乏,在这期间也可以好好休息休息,度上几天假。"

我本人也需要有这样内容丰富的旅游。我和乌特自由活动时,也会自行做这样的安排。上午我们参观一两个贫民区,中午躲进装有空调的旅馆休息,下午晚些时候再到一座佛教寺庙观光,晚上,做完我必做的报告后,还会一边小吃小喝,一边听几位专家介绍饥荒区。这个饥荒区离这儿有二百英里,我们将在接下来的几天里去那里访问。听讲的时候应保持西方人的距离感,集中精神,做出谦逊的样子,努力不让自己感到不合胃口。来的路上我已经把有关资料数据放到了脑后,决定让自己做个海绵,吸入所有信息。我主要在听、在看、在探着鼻子闻嗅,很少提问,也不做笔记。那些偶尔顺便拍到的照片也不去考虑。我为自己不知羞耻地拍照感到害臊。现在我想让哈姆和朵特来和我们旅游。可是他们同我不一样。他们不想抛弃自己的原有观点。他们认为这种要求太过分。他们不太愿意按照我的综合计划旅行,他们会羞愧。不过又不喜欢大众化旅游,如他们俩所说,他们坚信"自己的客观判断能力",这样他们——哈姆和朵特最终还是在西西弗斯旅游公司的合同上签了字,而且很快上路了。

电影会让一切一目了然,我却不清楚怎么能让观众在影片中看出我的思绪与托词。就算这两位接受了我的行程安排,在合同上签了字,报了名,我仍然没有胸有成竹之感。我还得跟施隆多夫谈谈。总会出现地点变化,总会出现一些阻碍,哈姆和朵特还应该有些什么故事呢?除了该不该要孩子,这两位就不会有更有意思的话题了。此外,哈姆打算到巴厘岛看一位老同学,这个故事还得加进去。这位老同学叫乌维·延森。

乌维的姐姐莫尼卡也住在伊策霍。哈姆和朵特的宠猫交她照管,而没交给住在哈德洼的哈姆的母亲。哈姆去看莫尼卡时,她从一沓信里找出一封来:"这是最后一封信,有两年了。这儿写着:'我很好,就是想吃点实实着着的……'"莫尼卡姓了她老公的姓——施德普,她老公是汉堡一家印刷厂的工人。莫尼卡同哈姆一起回忆她弟弟的能吃:"哎,天哪,你还记得吗,有一次我们一起骑自行车郊游,在饭馆里,他把五份卤肉冻配煎土豆全塞了下去……"

为这哈姆临走专门到伊策霍一家肉店买了一公斤店家自产的、稍加熏烤的粗粒猪肝肠,肠衣为天然肠衣。考虑到巴厘岛的气候,他特意将这些猪肝肠密封在塑料薄膜中。哈姆对朵特说:"我敢肯定,乌维会高兴的。那儿肯定没这个。我记得很清楚,乌维特爱吃猪肝肠。"

后来密封好的猪肝肠让哈姆放进了手提包。从他姐姐那儿哈姆还了解到,这位老同学除了在体育(手球)方面有所发展外,还先在新加坡,后在雅加达为霍斯特化工公司以及西门子公司做了几年经销商,挣了不少钱。他姐姐说:"这小伙儿脑瓜从来都很灵活!"现在他应该在巴厘岛享清静呢。

哈姆、朵特把家猫装进猫筐,送到莫尼卡处。莫尼卡的老公埃里希对小舅子多面手式的成功不以为然:"哎,一点不负责任。没人知道,他有什么政治观点。"

哈姆很为他的采购自豪:"等咱们把包打开,在桌上为他摆上伊策霍猪肝肠,他肯定会眼里放光。但愿这个地址没变。"莫尼卡和她老公也没孩子,有个猫来借住令他们很高兴。

我坦白,买猪肝肠这事作为电影情节,有真实的生活依据。我们启程前曾被告知，驻北京的德国大使，希望能给他带些德国店家自产的大猪肝肠。这样我们在魏魏弗雷特①的乡村肉店，在小科勒师傅那儿订制了两个滚圆的粗粒熏制猪肝肠。把它们密封进塑料薄膜，塞进手提包，一直将它们带到了中华人民共和国。因为埃尔文·魏克特先生——这位德国大使1980年年初就要离任退休，以后不再从事任何外交事务，我才允许这样公开真相。

这么说这个猪肝肠不是大脑产儿，是事实。魏克特先生对肉肠的热衷，是没有史料记载的事实。这位严谨先生是作家，又是中国通，他知道怎样一钉一铆地得到他的口福。我们还对中国式思维和德国的绝对性思维进行了夜谈，通过这次夜谈，我为接下来的大选争取到了这位保守的普鲁士先生的同情。他说：别人不要指望他会对兴办混合学校(Gesamtschule)感兴趣，不要指望他会赞同企业劳资双方需"共同决议"的主张，不过他很愿意将总理候选人对外政策上的梦想同中国的理想远景作一对照。这种定期聚餐式的谈话自然不会出现在联邦总理府中。

也许应该让一些普鲁士美德——它们也能被称为中国美德——复活发扬，比如：绝对的准时性。这里是个绝好例证：我们从亚洲回来时，魏克特大使为美味粗粒熏肠寄的感谢信，已经抵达肉店科勒师傅手中。信封、信纸上印着大使馆的鲜明标记；而我也因为这个剧情来源向师傅表示了感谢。于是肉肠再次起飞，这次是同哈姆和朵特

---

① 施多河边一个一千六百人的村子。

一道,向东南方向飞。在那里等候他们旅游团的,是西西弗斯旅行社的导游康拉德·闻天博士。

闻天博士的出现合适吗?他该叫这个名字吗?他的出现同该不该要孩子的主题是否对得上号?这样会不会跑题?闻天博士和在巴厘岛上的哈姆的老友,他们出现在影片中都貌似平行偶然,能否让人看出,他们之间,比如通过空运的猪肝肠,除了并行的故事外,最后他们还会有密谋合作情节?

这点是我要避免的。哈姆一般不爱读书,可一旦读起侦探小说却很投入,因而他脑袋里总有一些惊险镜头。(现在他已经预言:肉肠的分量比实际称出来的要重。)我不想隐瞒,我将维吉·鲍姆[1]的小说《生死巴厘岛》介绍给施隆多夫后,不久前他送我一本埃里克·阿姆布勒[2]的《走私武器》。这本惊险小说讲述的故事就发生在香港、马尼拉、新加坡和苏门答腊之间,此刻哈姆的背包里,装的正是这本《走私武器》的英文版《Passage of Arms》。

我已经感到写这个电影剧本的诱惑。这里需要如此多的素材。思绪一个接着一个。可一切又应体现在转瞬即逝的"言行"之间,一切都要用画面讲述,一切都要考虑到最后的拷贝剪辑工作。这里需要画面语言,情节片断。我最初的思路却在另一个方向,是要跟上头一个念头,那就是我和乌特在上海马路上踱步时大脑中突然出现的那个念头,那个要将九亿五千万中国人变成十亿德国人的念头。不

---

[1] 维吉·鲍姆(Vicki Baum,1888—1960),奥地利女作家。
[2] 埃里克·阿姆布勒(Eric Ambler,1909—1998),英国作家。

过这些德国人主要的交通工具不是自行车,而是机动车。他们处于分裂状态,在寻找自己民族的自我认知。

八千万不安的德国人成了十亿不安的德国人,这里会相应出现那么多萨克森人,施瓦本人。这是一次怎样的人口爆炸!一个怎样的史诗般的躁动!这是在发酵。是什么让德国人这么不安?他们在寻找什么?在找上帝吗?在找绝对数字?在找意义后面的意义?在找不陷入虚无的保险?

因为德国人口过盛,邻国缩成了人口侏儒国。德国人需要了解自己。他们询问自己,也会貌似强大地、无助地向一些邻国提问:我们是谁?我们从何而来?什么使我们成为德国人?还有这个见鬼的问题:德国算什么?

作为十亿大国的德国人,对这些问题研究起来也认真彻底、毫不含糊,他们组织起多个国家级调查委员会,进行彼此对立的工作。可以想象:会用到多少纸张,每个联邦州、整个德国都会有多少专业人员为此紧张工作。由于他们把精力全集中到了组织计划上,结果常常忘了自己的目标。

现在我得表态了。我必须得表示什么。然而,我的那个老提议:尽管文化上千姿百态,不尽相同,还应将自己作为一个文化民族看待,只得到微少听众的兴趣。开始时,我的论题或单一地,或整体地,在制造文化的少数人的代表中间得到了讨论,这些论题是:什么是文化?什么能算作文化?卫生保健是躯体文化吗?还有,文化可不可以在国民生产总值中占有它的位置？这个位置会在哪儿？这些制造文化的少数人是一千二百五十万艺术家，其中四十八万七千位是作家。

不过很快可以看到，不单是教会、工会，许多大社会团体，不管它们是私人企业、联合企业，还是两个德国大体上势均力敌的军队（总共近一千八百万的军人），他们都愿意担当文化载体。精英群体，更愿意将自己视为文化的创造者。他们要代表国家，要承担为德国定义的责任。否则，如果这种国家权利只让艺术家拥有，而这群人几乎组织不到一起，这个国家当走向何方。我常听到这样的喊叫："唉！这些自由分子！就会制造社会问题！这些不切实际的梦幻家！他们永远永远要节外生枝！他们不该让人觉得，文化只为他们独有！在我们当今的民主民众社会中，重要的是要有适合企业活动、适合业余生活的亚文化，也就是要有享受补贴的基层文化！而不是那些上层建筑的精英废物！"

就这样，我的那个想法，我得承认，那个专为八千万德国人想出的主意，进了垃圾箱。迫不得已地，我将德国人的不安，及他们不安的自我认知过程，留给了十亿德国人自己。于是，德国民众唱着歌曲消失在朦胧中，有些果决迅急，有些忧郁绵缠。

不管怎样说，还有哈姆和朵特。这两位看得见，摸得着。他们的问题都出自我的脑瓜。现在，飞机就要着陆，她——违背自己"要孩子"的许诺——服下了"不要孩子"的避孕药片。终于他们在孟买机场降落，那一公斤德国正宗猪肝肠就在手提行李中。

脑子里始终不肯让这两位着陆,因为有些想法还横阻在那里,一些具体安排第一次思考中没有找到位置。原来的方案是,他们的粗粒猪肝肠是在一家肉店买的,在有着三万四千人口的伊策霍小城买的,而现在第三个方案要考虑的是,猪肝肠是否最好不在肉食专卖店买,而应该在伊策霍小城的教堂路上,在圣劳润迪斯教堂对面的"库泽美食店"买。美食店不远处有一家"格博斯书店"。哈姆的侦探小说,及朵特有关"温和能量"①的书籍都是在那儿买的。

这家美食店由库泽兄弟俩一起经营。兄弟俩身穿白大褂,总把两大橱窗及其后面的食品柜布置得琳琅满目,令人垂涎欲滴。其实,哈姆很想再称一块熏烤鹅胸脯,只是出于情节考虑,只买了那个粗粒猪肝肠。在格博斯书店,朵特买了几本有关印度和印度尼西亚的书籍后,还可以打听有关外国风情的消遣类书籍。格博斯先生也有可能亲自为她推荐维吉·鲍姆的《生死巴厘岛》。不过她暂时没买小说,有关小说的情节应该出现在后部。再有,关于伊策霍还得解释两句,说这座城市坐落在施多河畔并不很真实,1974年时,这座城市的父母官突发奇想,一定要改变施多河的河道,从此施多河横穿新城而过。此外,美食店的位置比较有利,因为那里离步行街——铁匠街不远。哈姆有时会同他的同志们一起,在这条步行街上分发伊策霍社民党地方党组织办的报纸《红狐狸》。铁匠街一直通到荷尔斯泰因

---

① 指不会直接造成环境破坏,可由自己持续产生的能量。

购物中心，秋季大选期间，这条步行街上会有许多民众参加讨论会。

哈姆是《红狐狸》报编辑部成员。朵特在格博斯书店买过不少书，不过，有些还没读。伊策霍城建于 1238 年。哈姆和朵特就要在孟买降落，他们手提包里装着从库泽美食店里买的德国猪肝肠，这猪肝肠可是货真价实的美味食品。

第 三 章

他们在孟买上空盘旋,还没有得到着陆许可。因为又有难题出现,我忘了自己在笔记页上写了什么,还有,我在他们起飞前就该考虑,但还没考虑的:后面该如何发展。

哈姆和朵特应该一放暑假就上路。这个时候他们应该知道了北莱茵-威斯特法伦州①议会选举的结果,这个结果该在五月初出来,对这个结果我还一无所知,也无法预料,正如现在写作期间的我,对巴登符滕堡州州议会选举(三月中旬)一无所知。确切地说,这不过是民主式念珠祷告②。是种种"如果……可是"。是对各党得票百分比的预测。未来就这样戏弄我。十一月时我怎么能知道,绿党能否在三月得票超过百分之五,而在五月又会低到百分之三以下?如果他们在北威州得到较多选票,就会在那里造成势力较弱的自由民主党人更多地退出,最后很可能会对基民盟有利,能让他们得到绝对多数的议会席位。

---

① 简称北威州,德国最大的行政州,位于中西部。
② 指选票计数。

因而,必须将绿党得票——请不要生气——轻缓地、慎做评论地压到百分之三以下,这样他们要在拜恩州松托芬镇成为第四党的希望,就不会在大选前落空。不过假设绿党只得到了百分之二的选票,自民党(FDP)选票在百分之五点六,并在杜塞尔多夫又一次与社民党联合执政,这样的话,施特劳斯①就不会放弃拳击赛,不会说"没人爱我"而要移居到美国的阿拉斯加了吗?

噢,到那时!没有施特劳斯我们能做什么?谁有他那种赤裸裸的语言?没有他我们的噩梦里会有谁?没有他我将怎样处置那两个大脑产儿?未来在看手相人的嘴里。我都知道什么,我能知道什么。我干脆假设:北威州在坚持,施特劳斯不退位,一切都还不明不白,哈姆和朵特飞了(还会降落),他们知道得很清楚,等他们夏末返回时,他——那个自我生产的世界末日预告者,还会活蹦乱跳。

哈姆和朵特为什么飞孟买?他们当然也有可能先到泰国;包租的航班常走弯路。通过护照检查后,这一小队人马很快在曼谷见到了他们的导游——闻天博士。初次见面,博士告诫大家"亚洲是另外一回事"。我们这两位夫妇已经详细了解了"西西弗斯"旅游公司丰富的旅游项目,他们不满足只(一个寺庙又一个寺庙地)观光名胜古迹,不满足去曼谷小偷横行的杂货市场闲逛,不满足乘船游运河;他们还要去看曼谷名为空堤的城区,去看看旅游活动表上介绍的港

---

① 拜恩州基督教社会联盟(CSU)政治家。

口附近的贫民区。闻天博士已经向他们表示过,这是可行的,有利于了解当地切实的社会状况,他还说可以"给当地向导一些小费",并且叮嘱他们:"一定要穿上结实跟脚的鞋!"

不过闻天博士告诉他们,去货真价实的贫民区,在那儿的一个大家庭中过夜,此类活动在"西西弗斯"的安排上没有明写,那就千万不要马上去尝试:"我们不过刚到这里,不是吗。我觉得这里的气候够您受的,即便躺在旅馆阳台上的阴影里。"

当然,哈姆和朵特的头一站也可以是孟买。一到那儿,自然马上见到了活地图似的闻天博士。闻天博士除了向他们介绍已排在计划里的名胜古迹外(帕西教寺庙就在其中),还向他们推荐,参观海边的大贫民区"猎豹营",这个项目也写在"西西弗斯"的活动介绍中。于是冒着阴凉处已达三十三摄氏度的高温,他们和另外三位同行者亲历了两个小时的一望无际的贫困。当然,他们事先需按惯例为这个额外安排付款,即便这点没有在活动安排上说明。他们乘坐"西西弗斯"公司的小旅游车驶往贫民区。路上,闻天博士向他们讲述了贫民区的历史,说这个贫民区前几年叫"亚娜塔居住区",离印度核能研究中心不远。闻天博士解释说:"当然长此以往,这不是事儿。为除掉这个安全隐患,那里干脆让推土机推平了。七万贫民于是被送到这个猎豹营,这个地方季风一来常被水淹。印度海军的军械库就在跟前,因而这里也有安全问题。这里到处是垃圾,废物。你们看,印度也有垃圾处理问题。"

朵特提了一个问题,让哈姆过后觉得很天真。她问闻天博士:亚娜塔居住区被推平后,是不是盖起了一些与人类尊严相符的住房?对此闻天博士有些玩笑地说:"您想哪儿去了!现如今那里成了印度核能研究局的活动场地,里面有游泳池、高尔夫球场和文化中心。在印度就是这样。高科技总享有地盘。这里的精英们也不会什么要求都没有。"

不论在曼谷的空堤区,还是在孟买的猎豹营,不论在这个贫民区,还是在那个贫民区;不论先去孟买,还是先去曼谷(还要来一次贫民区付费过夜),他们俩都会经历到他们的第一次震动。不管他们先到哪儿,闻天博士都会跟兔子刺猬赛跑一样,先他们抵达。吃过早饭,他们先会确定一下一天的行程。这个时候,闻天博士说德语会像说标准德语的汉诺威人。到了贫民区猎豹营,他会把他们的问题翻译成印地语说给印度人,不属于任何等级——也就是所谓的"不可摸"[①]的印度人回答他们问题时,他又能将这些人的印度南部泰米尔语和一些地方土话翻译成德语。经他翻译朵特和哈姆了解到:这里所有的孩子都有蛔虫病,这里的住户需成桶成桶地买水喝,因为猎豹营没有供水管道,不能直接得到城市供水。

闻天博士还通晓泰语,这样,待这两位稍微适应气候之后,他在空堤贫民区为他们安排了一次过夜住宿,就是说要住到那里的一户人家里。闻天博士的这种安排,是为了让他们能得到对那里生活的真实体验。那是些令他们无法忘记的画面:一条条阴沟臭气熏天,一

---

① 被视为肮脏而不可触摸的下等人。

片片木桩房横七竖八,苍蝇到处飞,老鼠四处窜。让他们过夜的是一个十二口之家,居室拥挤狭窄,一家人却热情开朗。他们的邻居,为争取在报上举办的"最美婴儿比赛"上获奖,省下自己的食品定量,把婴儿填个滚圆。得到允许后,哈姆用他的摄像机为婴儿摄了几个镜头。当被问到有多少孩子时,他们试图用简单英语向房东解释,他们的要不要孩子的问题。孩子成群的房东搞不懂他们的意思,这令他们大惑不解。

朵特睡不着。她写日记。借着手电筒的光亮她写道:"最让我受到震动的是他们贫困中的开朗。他们总在笑。这位闻天让人烦,不过很懂自己的生意。我们的作为当然可笑。不过我们这一夜的住宿费,每人十马克虽不足道,却能让这一家人过半个月。要说,应该让我们所有的消费民主人士都来这贫民区过上两夜,这样他们就会对该诅咒的富裕知足了……"

当然,哈姆和朵特回到带空调的饭店时,他们还是感到了轻松,又有像样的厕所了,又可以淋浴了,又可以喝上从冰箱取出的饮料了。旅游团中他们是唯一采纳旅行社推荐,到贫民区过夜的客人。为此,闻天博士祝贺他们,并称他们具有"面对现实的勇气,乐于面对现实"。当然这一切本无风险可言。闻天事先为他们做了周到准备,给他们备好了几瓶饭店里的无菌饮用水,备好了用以增加免疫力的药片,还有一些饼干,还用塑料薄膜包了几个水果。几年前,他把中产阶层的德国男人送进曼谷窑子时,也是如此这般为他们做准备的。

此时出现的镜头：他们从贫民区回来,从德国带来的、经历了长途飞行的保冷箱里哈姆伸进一只手,借此机会是要让观众看到：那个密封得很好的猪肝肠和德国啤酒放在一起。因为我们的电影要在联邦总理大选之年拍摄,这样他们到孟买或在曼谷贫民区过夜后(或先前在巴厘岛观光名胜时),闻天博士会以他特有的别有用心的方式,向这两位荷尔斯泰因人打听各位候选人的获胜机会："我听说您二位政治上很活跃。德国有可能实现拜恩化吗？您知道,自三十年战争①开始,德国内部的一些旧账还没算清。"

如果我们能在中国得到拍片许可,那我们会干脆找当地导游帮忙在中国拍电影,那样的话也就没有印度、泰国、爪哇和巴厘的事,也没有闻天博士了。可这样的话,对那两个大脑产儿和那个要不要孩子的问题,就得另拍一部电影。

在北京、上海、桂林、广州,我们都没见到贫民区。只是到了香港,才见到了西方会有的、每周日会受到祷告、会受到上帝保佑的贫富差别：一边是伤天害理的富有,一边是蜷曲在鸟笼里的贫穷。这里是市场拥有者的强权世界。是人间地狱和掌管地狱者的天下。这里上演着当代世界舞台剧：一边是衣着穷酸的群众角色,一边是衣冠楚楚的警察。

在中华人民共和国,没有这种反差,不过一切也不是平等均衡。先人遗训"清贫而洁净"有可能作为主导思想被写成条幅悬挂起来。

---

① 1618 年至 1648 年,因宗教争端等引起的欧洲战争。

不过真实情况是,到处可见到"要实现四个现代化"的字样。四个现代化在描画可怕又喜人的未来,那是对电脑的信赖、对火箭的热衷、对经济增长的崇尚。他们经历了"大跃进"、百花齐放,受到了"文化大革命"和"四人帮"的破坏,他们落后了,要赶上来,要搬掉一座又一座大山,要减低饥饿程度,要清洁队伍,可人口仍在增长,很快会到十亿,而用来种植水稻、麦子、小米、玉米和大豆的农田的面积却不会得到相应增长。眼下他们向西方展现他们的现状,并要向西方学习——每个中国人都会彬彬有礼地做这种双重意义的表示。这点(应该)让我们学习。

然而,令傲慢的西方(除了做生意)对中国感兴趣的不过是其自由化(我们眼里的自由)进程,但这种兴趣的强烈程度也变化不定。《明星周刊》《明镜周刊》的记者们就喜欢数那些身着短裙、烫了卷发、涂了口红或具有类似西方自由特征的女孩,他们为她们拍照,配上文字,用他们的既定观念给出错误信息。难道不该将中国人民和这个国家的社会体制同另外一些第三世界国家做比较吗?难道那样不更合理、更确切些吗?要知道那些第三世界国家,他们的经济体系不管不顾采纳了西方的自由主义,于是种种伤心问题层出不穷:人口拥向城市,贫民区出现,肆意采伐滥用资源,山地石灰石化,营养不良,饥饿,奢侈和贫困,国家专制,还有更为突出的现象:腐败。

我们这对住在施多河畔(电影中的情况符合真实情况)的伊策霍夫妇,如果他们去中国考察,在此之前他们肯定已闻过印度大贫民区的熏天臭气,见识了泰国东北地区的饥荒,对印度尼西亚腐败体制也已有所体察。他们知道这些国家中的西方经济体系是通过日本得到加强的,也知道这个体系的破坏力及其高效率的可诅咒的方面:强制性的自由市场,不惜一切代价的科技进步,瑞士的逃税户头,剧增的贫困。

当然到了中国,朵特和哈姆还是不知道他们是不是该要孩子。在印度、泰国和印度尼西亚,他们事先了解到的"新殖民主义"一词会很快得到印证。("看那儿!看那儿!"哈姆叫道,"到处都是西门子和联合利华公司的插手……")不过单凭眼睛能看到的:印度的宿命论、爪哇人的温良、泰国人无所忧虑的微笑,还是让人到这里旅游的理由。("天哪,"朵特叫道,"没有我们那些安全保障,这儿的人也能生活!")而且这三个国家都拥有权力无限的君主体制。他们行使统治权时既不是温良的,不是宿命式的,也不是无忧无虑的,而是既有军队、警察,又有着自负狂妄的社会等级制度的,是腐败,是各种权力机构。如果这些不是他们传统上继承下来的,就会是西方军械库免费送上门的。

"不过,"朵特说,"我们不该用自己的民主观念衡量这里的情况。"

"这是自然,"哈姆说,"恐怕就连毛泽东也不能把印度教怎么样。"哈姆关心社会经济方面,他想了解某人的小时工资或每星期的收入。她则希望在日记中记下课堂上可用到的数据。俩人的一致观点是:"如果我们要求在这些国家实现言论自由,那我们应该先在家……"

他们旅游团的其他成员也是这样的观点。每晚闻天博士喝橙汁时,总想对这一队人员来一通教育演说,可他那套说教会让小旅行团成员感到迷茫:"这里的一切按咱们西方人的眼光都显得很可悲,都很需要帮助;不过这里会影响我们这个星球的未来。这里将向我们这些讲起人权喋喋不休的人宣讲新人权。我相信,欧洲人想了解亚洲秘密的饥渴总有一天会得到满足。所有的鬼怪——请相信,真有鬼怪——都会找到我们头上来的。"

那天他们要去孟买城外一个渔村,之前闻天博士说了上面这番话。那是他们在印度的最后一天,大家都想去郊外。那里应该有田园风光,能让人休息休息。陈旧的轮渡,很值得拍照,他们乘船来到马诺里渔岛。下了船又乘上公牛车,公牛犄角坚实又美丽,他们坐在车上一路拍照,牛车一直把他们送到简朴却也整洁的茅舍旅馆。

"终于不用空调了!"朵特道。

"终于见到大海了!"哈姆说。

棕榈,高大得能让人向天拍摄。长长的沙滩,一只海龟漂上岸来进入画面。当地的年轻姑娘在出售香茶和鲜嫩的椰子,她们的布巾筒裙在两腿间打了结,对她们的别样步履哈姆在犹豫,是否要拍照。沿着海滩去渔村的路上,闻天博士提醒道:"请穿好衣服!"[①]这自然风光、这棕榈、这大海、这死龟,还有布巾系得奇特的妇女,这一切都

[①] 意指不要太裸露。

好像在诱劝朵特,让她突然感到想要孩子:"这里的一切都好像在鼓动我!"朵特对哈姆说,"让我想要咱们的孩子。你听我说,只要想就行了,不要考虑什么。就是从感觉上想要,不光只在脑子上。应该本能些,你知道吗!"

　　哈姆也承认,这里的一切都让他感怀:"真神奇啊!"可他的大脑却不肯安于度假,"好吧,就算我们有了孩子,就算我们生了个健康的孩子,就算他小时候也没得上什么严重的儿科疾病,就算我们真的能在假期里尽心尽力地教育他,照顾他:可对他还是不会好的。你看看环境问题,看看我们的教育体系,看看现在的电视病,这一切的一切都会曲扭我们的孩子,他们会顺应这一切的。就像我们现在变得曲扭、木呆了一样。现在还有那么多新科技!你想想,我们的孩子将被拴在学校的电脑前。当然不是他一个人这样,咱们这么说吧,到八十年代末,整个学校,所有受义务教育的孩子都不再接受老式教育,而会直接通过国家制定的电脑教学大纲上课;老式教育成本多高啊,那么多人类教师多难控制啊。电脑教学省事,可以直接往孩子大脑里灌输!不用刻苦用功了。乘法口诀?嚓嚓,学上半小时就够了!英语中的不规则动词?嚓嚓,十分钟了结。还用背什么生词,实在可笑!往床上一趴,搬过孩子们卧室里的轻便电脑什么都能解决。未来的学习就是在睡眠中学习!孩子们满脑袋资料、数据、方程式和指令字符,他们什么都知道,什么也都不知道。我们呢,孩儿他妈,孩儿他爸,到头来只能傻乎乎地站在那儿,脑子里只有些多余的回忆,一知半解的知识和关于道德的思考。我得问问你,你能对这样的孩子负责任吗?"

说话的工夫他们已经到达了渔村中心——如果那能算个中心的话。进入视野的是简陋的茅屋和干打垒小房。渔网打上来的是些手指长的小鱼和其他小东西,这些东西都晾在坚实的地面上,或搭在墙上架起的木棍上。渔民既不占有渔船,又不占有渔网,不占有鱼产品,也不占有能将鱼产品磨成鱼面的磨子。这个渔村有五千居民,其中三千是孩子。孩子们看上去不健康,显然有蛔虫病,还能看出他们有眼疾。他们不乞讨,不笑也不玩,只是静静地待着,一群一群的。

刚才还对自然风光赞不绝口,还想本能地要个孩子的朵特,回程路上说:"要说还是贫民区的孩子更活泼些!"

晚上,简朴的"茅舍旅馆"里,闻天博士在阳台上给这个小旅游团成员做了个小报告,介绍印度的渔业:"这里的渔业没有前景,除非他们为设法根治素食印度人普遍患有的蛋白质缺乏的慢性病,开发远洋渔业。本来印度海岸线很长,鱼类还是很丰盛的,只是近海区域鱼已经被捕光了。这里可以建连锁冷冻库,一直通到内陆。但是,印度人很会生孩子,每天能生出五万七千个婴儿。每个月能多出一百万印度人。应该让中国人到这儿来搞计划生育。"

钻进蚊帐时,朵特又一次想到要孩子问题,还想到闻天提到中国人时说的话:"人民共和国提倡只生一个孩子。""不!"哈姆叫道,"不!德国人应该死绝!我不反对。"

要是那样有什么不好?许多有过辉煌文化的民族现在不都落进博物馆,只剩下被观赏的份了?比如海地特人、苏美尔人、阿茨台克人?几千年之后,难道不会出现这样的情况:新兴发达起来的民族,他们的孩子们站在玻璃展柜前，对曾经的德国人的居住饮食文化观赏惊叹？他们会惊叹德国人不可动摇的勤劳吗？惊叹他们什么都要有规范条理，甚至对做的梦也要这样处理吗？难道德文不会遭到古罗马人之拉丁语那样的死亡命运，最终只能作为可被引用的文字？当代政治家们很愿意在他们滔滔不绝的演讲中引用拉丁文的名言警句，那几千年后，新兴民族岂不会引用荷尔德林的诗句来装饰他们的长篇大论，比如："这样，我来到德国人中间……"，或者："我无法想象，一个比德国更分裂的民族……"？有没有这样的可能，德国人死绝后——幸亏他们的灭亡，他们的文化连同他们的文学才得以珍视，才开始被当作一个丰富多彩的整体看待？"不会的，"几千年后，会有人说，"德国人并不只是好战，只追求经济利益，像机器一般运转的野蛮人……"

每到一站，我都会在入境卡职业栏里轻松写上"作家"两字，写的时候无所思量。这个职业很有历史，如果说一切始于文字的话。这是一个美好的职业，却也是危险的、狂妄的、可质疑的，它很容易被冠以其他称号。弗朗茨·约瑟夫·施特劳斯去年用德语演讲时，没有费心引用拉丁语，[①]他直接将文人作家比喻为"老鼠和苍蝇"。这样的话也有可能由某位民主德国的高官、某个中国红卫兵，或者戈培尔[②]之流说出。事后人们还对施特劳斯及其后继的言论进行辩解，有人说他指的不过是个别人，而不是全部。

---

① 这位施特劳斯原为文理中学拉丁语教师。
② 戈培尔为纳粹宣传部长。

即便中国人不知道他的名字，但只要出现了一种具普遍性的既定说法，谈到他还是可以的。中国作家都很熟悉那个可怜的政体，他们将他们的敌人视为啮齿目动物和害人虫，在手中备好了灭虫剂。中国作家在回忆那些艰苦岁月时，当他们描述遭受的磨难，描述他们的监禁生涯、被拳打脚踢、被夺去写作权利、被游斗、不得不去打扫茅厕的经历时，他们仍然小心翼翼。人们说，一切虽然已经过去，但还在产生影响。因而人们称眼下的一种新文学为"伤痕文学"，其形式还较粗疏，还不够自信。

中国作家还想了解东德作家的情况。几年前也有一位《北京周报》的老先生，曾在一个会议上同安娜·西格斯①交谈过。于是我对中国作家讲述了我们同东德作家的交往情况：1973年到1977年间，我们四五位西德作家经常和七八位东德作家，在东柏林的不同居室聚会。我们朗读自己的手稿片断，用我们共同的母语讲述分裂带来的痛苦。我告诉中国作家："我们大约每三个月聚一次，一起喝啤酒，吃土豆沙拉。女主人会把写有名字的小纸条装在帽子里，每次取出一个就像抽签，抽到了谁，谁就该站起来朗读。"当然我们受到了监视。能办多少次，就办多少次吧。直到开始出现取消公民资格事件。是从比尔曼②开始的。

我向他们介绍了几位这样的作家和他们的作品。现在他们生活

---

① 安娜·西格斯（Anne Seghers, 1900—1983），德国女作家。
② 德国诗人比尔曼1976年在东德受邀请到西德逗留，因发表批评东德言论，不被允许回东德。

49

在西德,可他们像是两国间人士,不论在这个德国还是在那个德国,他们都是眼中钉、肉中刺。在上海,当我又一次同中国作家同事座谈时,他们好奇地问了我一些在他们看来很重要的具体问题:边界检查问题、审查作品的角度、东西德国作家之间的语言区别。对我们来说,问的都有关所谓吃里扒外、给自己国家抹黑的人物。

这一切对他们不陌生,都离得不远。中国作家十分了解意识形态的夺目光芒及教条的狭隘局限。权势人物充满鄙夷的言论还深深刻在他们的记忆中。只需翻译给中国同事"老鼠和绿头苍蝇"这词就够了,无须解释其内涵。中国同事说:"我们的古籍也一样被扫除了。现在我们需要为缺知少识的年轻人,将经典当作新发现,重新介绍给他们。"

在欢迎我们的庆典上,我们一坐下来,便开始交谈。席间没有祝酒讲话(其实我很想朗读两位当代德国诗人库内特和伯恩的诗句)。我们用筷子吃饭,桌上有糖醋海参、北京烤鸭、胶冻样的百年皮蛋。我们喝酒精含量超过百分之六十的粮食酿的酒。该为什么干杯呢?酒一次次地被斟满,就让我们为出尔反尔干杯吧,为永远被重新定义的真理,当然也要为(而且永远要为)人民的选择,为那张呼唤文字,还没有被涂写,但将被涂写的白纸干杯吧。也为我们干杯,为我们这些——老鼠和绿头苍蝇干杯。

为《大脑产儿》做的手记中,一个空白处我用括号括下如下几行字:(这两位教师夫妇旅行前或在他们八月底重新回到伊策霍之后,朵特说:"哈姆,先不要孩子。我们必须等待大选结果。施特劳斯要是上了台,我不会让孩子生到这个世界上。")——其实很可笑,这个"要是"没什么道理。

第 四 章

尼科拉斯·伯恩已进入垂危状态几个星期了。我们到柏林西区医院看他。癌细胞已转移到全身。做了头部手术又摘除了一片肺叶，他那威斯特法伦人的脑袋（头发剃光了，消瘦了）才稍微消停了一些。医生给了三个月期限。

他为他的病情向我们表示歉意。坐在他床边，我们显得太健康了。我向他说起德布林文学奖授予瑞士作家格罗德·施贝特（Gerold Späth）的事，他请求我们原谅，很多名字和相关的事，他想不起来了。他说，他脑子里有很多空洞，词汇也丢失了很多。他躺在那里显得很不舒服，一边望着天花板，一边努力想着组织下面的句子。他太太走过来将床头调高了些，这样才减缓了一些他的疼痛。

"说说吧，你们都去哪儿了……"我们尽量做出不想走的样子，尽可能像往常一样说下去。我们讲一些他不用大脑回忆的事，讲中国的自行车流，讲乌特在上海看到的一景：两个中国水兵手拉手走在马路上，很温情的一对。乌特的描述让他笑起来。（或许他只是为让我们高兴,做出一副我们的话使他快活的样子?)然后他还是累了,可是他睡不着:他吃的药太多了。

(我正在读他的小说《赝品》,那是他用最后的力气完成的。读起来像在读对他的、对我们疾病的超前体验,真是合情合理的荒谬,是一系列让人再难害怕的偶然,是对恐惧的利用,是理性化的疯狂,是不断接近中的不断远离,是闪着磷光的爱,是要将我们当前的状态引向窄路。)他问:还有几天是星期一?① 奇怪,他还像所有作家一样,孩子般天真,还执拗地认为《明镜周刊》会像已经答应的那样登载对他的作家访谈。

刚一离开这位朋友——这是永别——医院已置我们身后,所有的所有又都呈现于面前,只是这一切已经与他不再有关。这一切是:前面的一家咖啡馆——我们需要到那儿补充能量! 这一切还有:往来的车辆、未来和未来的远大目标、对此后时日的安排、教育和税收问题、天气话题、令人担忧的下一届总理任选——在此不得不提到施特劳斯的名字,还包括远方的可怕:霍梅尼的伊朗伊斯兰革命。这一切当然还包括能让人叫到的出租车,包括有烟抽,有兑换率,有亚洲旅行后的后效应。"旅游情况如何? 讲讲吧。"我又在想那两位大脑产儿。

这是我做的手记:到巴厘岛后,哈姆也像在印度的马诺里渔岛上

---

① 《明镜周刊》周一出刊。

一样,在海滩上捡起贝壳。朵特对此没有一点兴趣。哈姆打算将贝壳带回他们伊策霍的家,把它们同他在欧洲海滩上找到的贝壳放到一起。将它们放到窗台上,或放进玻璃陈列柜里,或者装进一个老式的盛糖果的玻璃罐中。

他,在海滩漫步,不时把身子弯下。他不想她和她的问题。她,自从决定了要孩子,"而且绝不反悔",便走上了宗教之路。手捧饰有鲜花的饭碗,她同其他巴厘岛妇女一起去拜佛。寺庙辉映在棵棵圣树下,每棵树里都该有一位白衣女佛祖居住,她会满足人们生子心愿。闻天博士了解朵特和哈姆的困境,这些知识是他讲给他们的,这是他印度学专业知识的一部分:"我们不能将之当作什么装神弄鬼的事,应将此视为对我们愿望的纯洁的表达。"

所以她不跟哈姆睡,"现在先别,"她说,"我还没准备好。"所以哈姆一人郁郁不乐走到海滩上。当地老妇人们在将一筐筐贝壳拖出海浪,她们的劳动只能得到相当于几芬尼的报酬。筐下落下汩汩水流。碎贝壳将被送往磨房碾磨,然后经炉窑烧成石灰。哈姆对着海浪高声喊道:"宝贝儿!你想什么!没用!等你想要了,我又该不想要了!什么鬼寺庙!我可不想要个无理性的孩子!"

见一位老妇奇怪地打量自己,他忙过去帮她拖贝壳。他抬筐的样子很是笨手笨脚。

先在孟买,后来又在曼谷,朵特除了观光寺庙、贫民区外,还去出售印度教小摆设的市场和旧货商店逛了逛。她买到一个在拇指高的基座上跳舞的湿婆像,湿婆还是个孩子模样,一个童神。后来他们到了巴厘岛。这里同其他一万三千座印度尼西亚的岛屿不同,这里盛行的是印地礼俗。到那里后,朵特,这位实事求是、绝对注重数据的文理中学教师一下走上了先验之路。按哈姆的话说,"宗教让她神魂颠倒了"。

那里有种着水稻的层层叠叠的梯田,水光莹莹,蓝天倒映;那里有云遮雾绕的火山。那里每个弯道后又会出现一片新景色,既险情万端,又神赐天赋一般。那里每个村落都有树高冠大、枝叶繁茂的垂叶榕。也许是这一切使朵特忽然有了宗教情怀,对宗教格外敏感起来了?没有巴厘岛妇女那样的蹒跚步履,她也站到了她们的队列里,手里捧着别人高高顶在头上的东西,献上祈福丰收的祭品,然后又在许愿树上挂上她的许愿条,那上面写的同孩子有关。现在她的许愿条正跳荡在其他众多的许愿条间,那上面许的都是想要孩子的愿,许的是有了几个孩子后再要一个孩子的愿。不过朵特想要她的第一个,而且肯定也是唯一的一个。

"不管你会是谁,善良的神灵,"朵特在许愿条上写道,在日记本上她写得更详细,"赐我一个女儿吧,她该叫拉波恩。"她从闻天那儿借到《生死巴厘岛》一书,这个女孩的名字就是这本书里的。朵特——这个农民的女儿还在日记中写道:"如果父亲为这个奇怪的名字生气,吵嚷道:没人叫这个名!那我就会问他,我为什么会叫朵特?"

她了解礼俗,知道遵守禁忌。为了证明她的真心实意,她将三包避孕药片扔进一个女蛇神住的洞穴。这个洞穴是闻天博士向旅行团推荐的,洞里当然既神圣又阴森莫测。在西西弗斯旅行社的旅游介绍中,它被告知为"蝙蝠洞"。她扔药片时,哈姆应该用他的摄像机拍摄这个过程,或者为她拍照。

在将这个小插曲拍入电影之前,我还想补充一下,哈姆一直想把猪肝肠送到乌维·延森手上,尝试了多次,到现在还没能如愿。在巴厘岛首府丹帕沙,他拿着地址到处打听,也没打听到他的老友。哈姆手提装着猪肝肠的手提包,总是一头大汗,给路人看那个纸条,往往会迎面受到一阵叽里哇啦,被指向其他方向。街头小贩兜售商品。永远快活的小伙们将他带往偏僻的平房居民区。给他们小费。能看到许多非旅游性现实。他在中午时分做这些,这个时候朵特往往躺在旅馆棕榈树下的阴凉里。烈日当头对塑料薄膜里密封好的猪肝肠也不利,有违它的自然。肉肠愿意回库塔海滩酒店去,回到保冷箱里去。

后来他找了市警察局,这次没带手提包,还是没有成功。结果他只好请闻天博士帮忙。闻天果然有办法。通过熟人,展开了不无危险的寻找,接着会出现与猪肝肠有关的次要情节:虚构的运货单,中国中间商,一柄马来西亚蛇形弯剑……

不,这样不好。这样的话,乌维·延森有可能卷入军火交易,下面的情节要是由着哈姆,便会像阿姆布勒写的《走私武器》中的故事那样发展下去,有演变成一部惊险片的可能。闻天说:"你们的朋友有可能因为生意关系去了帝汶岛。"这里暗指去做军火生意。因为东帝汶原为葡萄牙殖民地,那里至今还活跃着一支要求独立的军事力量,对抗印度尼西亚国家军队。同巴厘岛一样,帝汶岛也属于巽他群岛中的小岛。

不行,我们不能卷入这种事。不过可以来个大脑产儿,给一个朵特不愿意看到的、哈姆却会喜欢的镜头:白日梦里,哈姆变成一位游击队员,手里端着一支(俄国)冲锋枪,行进在热带雨林之中。他开火射击。和他的战友乌维一道,要用自己的生命为帝汶岛的独立自由而战;单是摸摸肉肠是不可能的了。

送肉肠这件事应该通过意外事件受到这样或那样的阻碍。我的手记上写着:"蝙蝠洞前。洞里,黝黑的穹顶上挂着无数蝙蝠。那里与教堂正门高度相仿,在入口处,哈姆与朵特激烈争吵。"

原因当然是孩子。蝙蝠发出忽高忽低的尖叫。山洞在呼吸,不过里面的气味无法由电影传递。无数的蝙蝠中有几只呼扇呼扇飞了起来,在洞里飞了几个弧线后,头朝下挂到洞顶。山洞洞口处有个小庙,造型顶上盖着一层厚厚的蝙蝠粪便。山洞中昏暗漆黑,那里应该住着一条蛇,或者一个蛇形女神。闻天带队前来,几个孩子围上乞讨,有些女孩在卖花篮。朵特买了一只,把它放到落满粪便的小庙造型前。

哈姆不管不顾地叫道:"你听着,我要孩子得明明白白地要。不能听凭印度教的指导!"

朵特也喊得邪乎："我搞不懂咱们的狗屁理性了！我得解放自己,得放松。我想要另外的,从我心里,不,从外表,没问题,你笑吧,我就想要超越感觉的东西,我是说,我要感受,要感受神的力量……"

现在她开始掏包。现在她做出一个漂亮的投掷动作,将三包避孕药片扔进洞里。然后她像要追随药片而去似的,从小庙跟前走过,消失在山洞深处,她那一身浅色衣装,和那长长的金发,一并消失在黑洞中。

一行人发出有低有高的惊叫。连闻天博士也一脸木呆的吃惊状。哈姆边叫边举起他的摄像机录像,好像偶尔滴下的蝙蝠粪便提供了帮助,——在他的镜头中朵特走了回来。

她走得很慢,身影一步一步亮起来,她望着还在拍照的哈姆,和他身后向后退却的一行人笑着,她头上落着一只蝙蝠。在乞讨的几个男孩不声不响围过来,她在他们中间让他们看她的蝙蝠。她笑着,从没这样笑过。现在她将蝙蝠从头发上取下,蝙蝠呼呼地飞走。几个乞讨男孩一声不响过来摸她的双手,摸她穿着凉鞋的脚,还摸她现在还是金色的头发。朵特显然幸福地哭起来。

一行人有些难为情地转过身。我们能听到闻天博士在说几句印地语,其中一句为"宿命"。一只野狗正在洞口睡觉,这时它支起身,将一只掉下来的死蝙蝠一口吃掉。哈姆叫道："天哪,我要回家！"

我的手记上写着这样的问题："这件事过后她还想不想回到他

身边睡觉？或者，她觉得她的念头足够纯正，可以和他同床了，但他却不肯了，不再愿意了，因为他觉得自己是被迫？或者他尽管可以，并且愿意，却不能够了？"

我觉得他会拒绝。不管怎么说，他和朵特都属于从十年前开始致力于拒绝的一代人，他们要拒绝体制的强迫及性强迫。他们要独自决定自己的兴趣。不过，这种劲头已所剩无几，当他们沉浸在经济繁荣的消费中，当他们保持着无乐趣的性关系时，都会有这种感觉。不过这个学生运动的影响仍然巨大，他们还可以很容易地回忆起当年的言论和追求，很容易地让这些词汇再次出现在脑际，并再次在争论中使用它们。

旅馆里，朵特如哈姆所说，"将他们的阳台当成家庙"。哈姆望着阳台说："你逃进宗教里了。就是你那个宗教，打击我的阳具。"

因而就算他愿意，他也做不到。她的期待既是谦恭的，又是公然的挑战，让他感到"他不得不扮演一个倒霉配角"。如果她半引诱、半威胁地对他说："来吧，哈姆，我会把它整起来。"他就会撑开语言屏障："呦，我得完成定额啊，这是强迫出产量。如果我不愿意，我做不到，却必须得做，这个，这个叫受他人制约。而且出自宗教妄念。我跟妄念不沾边。你可以从别的什么人那儿得到。找你的忏悔神父、你的传授升天术的专家去吧！"

这个旅行团中除了哈姆和朵特外，还有两对四十五六的夫妇，两个快四十的女友，一位高大强健的母亲和一个相形之下瘦小的女儿，另外还有一位风趣的牧师寡妇,一位退休的财政官员——威廉港人。当然只有一对四十五六的夫妇也行,或者不要那个风趣的牧师寡妇。这一行人由闻天博士带队,在孟买他会讲印度的帕西教;在曼谷他谈佛教和尚的化缘规则;到爪哇他会介绍当地宗教中潜在的印度教影响;在巴厘岛上,他又会解释尽管这里有荷兰的刑事诉讼系统,可当地幼稚的印地习俗还很强盛的情况。不过,这一行人对西西弗斯旅行社的安排各取所需。参观贫民区时,有一对夫妇没有在场。强健母亲的瘦小女儿声言,再不想进寺庙了。只有哈姆和朵特在贫民区过了一夜。去蝙蝠洞时,两位快四十的女友和那个威廉港的财政官员没有同去。财政官员一听到哈姆和朵特又要自由活动,去不太安全的地方,就面露愠色:"又要搞非常规活动!总是这样闹闹哄哄,磨磨蹭蹭,我可受够了!"

画面:清晨,大家聚在旅馆大厅,听闻天博士讲一天的行程安排。只有这时,所有队员都到了,不缺一人。接着大家上路,或坐在有空调的大众巴士车里,或航行在曼谷运河,或出现在热闹开阔的斗鸡场上。尽管斗鸡违反公共条例,却无法降低巴厘人看斗鸡的热情,斗鸡赛依然能够看到。通过闻天博士的关系,他们的客人不愁得不到观看机会。

高大的棕榈树下,光叶婆娑。渔村斗鸡场。长时间的吵闹声后,忽然一片寂静。第一场比赛时,闻天做了长篇讲话,这是他的职业要求,他已经做过很多次了:"注意看鸡腿后刺上绑的刀子!看它们怎样跳着脚、耸起羽毛扑向对方!现在你们看,只要公鸡见不到对方了,它马上就会收回羽毛,无聊安详地吃起谷粒。我们人类也如此,不得不置身于各种争斗中,为工作岗位争,为民主社会争,必要时夫妻寝床都是战场。想想咱们国内的情况吧,一轮一轮的工资谈判,新婚姻法规,还有眼下嘈杂喧闹的大选:都是一个个不同派别、冠羽耸立的斗鸡……"

他小声说着,怨天尤人似的,好像也让自己的智慧搞得不耐烦了。他身边是旅行团一行人,周围是巴厘岛的男人。先头他们温和平静,现在却被斗鸡搅得无比兴奋。瞧他们蹲在那儿的姿势,瞧他们的汗水怎样流下肌肤,瞧他们怎样挥着手指、扯着嗓子为斗鸡助战。对自己的斗鸡,他们又呵斥又亲吻;对着羽毛又是吹灰,又是爱抚。

当带着刀片的斗鸡腾飞争斗时,一般来说女人不能在场观看,不过女游客可以。被击败的公鸡会在斗鸡场边上被宰杀。朵特上唇浸出了汗珠。瘦小女儿马上要离开:"我不想再看了。"快四十的两位在照相。"光圈多少?"威廉港的退休财政官员问,他的兴致倒是很高,"瞧啊,瞧这鸡毛横飞的!"哈姆在用他的摄像机仔细地、慢慢地录着像。

哈姆打算让地方社民党的同志们也看看这个巴厘岛上无理性的斗鸡赛,对巴厘岛人来说,这是个意义重大的传统民众活动。这个愿望和行动可以插入故事中。哈姆说:"亲爱的同志们,热衷赌马赛马的朋友们,这是当地的传统活动,用的是典型的'有吃的就干'的操纵手段!"朵特也应该在场,哈姆对她说,"帮我拿一下光度计!"

"你们看，"闻天说，"要是两个公鸡不愿意斗架，驯鸡人会做一两个表演动作，然后将它们扣在一个筐里，逼它们斗。这时只要按照习俗掀开筐子，它们必然就会接着斗架。"

"伊策霍的同志们啊！"哈姆一边拍照一边激动地说，"这可关系到崇高的斗争原则。"

场地上放上了两只新选手，两只公鸡顿时相互扑将上去。场地边上宰鸡刀进入镜头。高大的母亲对小女儿说："小孩别看，看别处去！"带着刀片的鸡腿被砍了下来，鸡腿被扔到一边，取下的刀片还得再磨磨，好给新斗鸡用。朵特说："这事只有男人干得出来。"两位快四十的觉得，这一切像"画中一样，令人迷惑"。财政官员正给相机换胶卷："谁能帮我个忙？"只有闻天博士在对所发生的一切发表言论："一切都在轮回之中。万物皆在流动之中。有死必有生……"镜头切换。

闻天博士说话时总是这种恒定口吻，让人觉得他好像没有性别。接下来，在一座印度教寺庙前，他的西西弗斯旅游团不在，哈姆不在，闻天刚好在朵特身边，他望着大海和浪花的方向，像是在睡着，又有分量地说："您不该拒绝这种轮回，要谦卑地进入这个轮回，要个孩子，怀孕，分娩，然后新的轮回便开始了……这样，我们明天到蝙蝠洞参观，那儿的蝙蝠成千上万，头朝下挂着……"

有一点是肯定的：我们不去中国拍片了，就算施罗尼——我们的孩子这样称呼施隆多夫——得到了拍片许可。中国还有温饱问题，这是一个死亡问题！解决了它，便是一个伟大新生！计划生育取得了艰难成效，尽管起步较晚，不过已经开始在实施，独生子女也可以领到每月补贴了。但如果生了二胎，两个孩子就都没了补贴。若生了第三胎，父母还必须将头胎孩子得到的补贴退还政府。

哈姆会想：这不是太没人性、太残酷、太武断、太让人束手无策了吗！还不许有婚前性生活，不许有婚外性生活。那他们怎么处置他们的感觉？怎么处理他们的渴求、他们过剩的精力，怎样处置他们要生育的愿望和他们与生俱来的多子多孙的想象？

或者用另一方式提问：这样会造成什么样的负面情结？中国的神经官能症患者如何生活？中国人有时间去顾及负面情结患者、神经官能症患者，以及类似的标有西方病标签的患者的疾苦吗？假设他们有这个时间，他们又将如何做？难道应该让西方五十万心理学家去帮助中国人（西方人总愿意提供帮助），让他们快活起来吗？我们应不应该把自己过剩的专业人员这样派上用场？这不是我和施隆多夫要拍的电影，这应该是另一部电影吧？中国人的这些心理问题，还没经过讨论，没经过治疗。我们这些德国人，可以满足婚前、婚外性要求，可如果我们把自己想象为十亿德国人，中国人缩成了八千万，而且还在一百万、一百万地递减，面临灭绝威胁，那我们德国人会不会也会得上中国人的负面情结，患上中国人的神经官能症呢？如果这八千万中国人，尽管能享受婚前婚外性乐趣了，可会不会也患上我们德国式的负面情结，会不会患上我们德国式的神经官能症？中国会不会面临供养数量庞大的心理学家、心理分析家、心理医师的问题呢?

我忘了问,在人民中国是不是有心理分析学?有没有时间和财力去做这旷日持久的事情?或者他们有其他的不违反规范的满足情欲的方式……也许针灸可以给予帮助……

两年前,朵特打胎后,为了搞清楚到底该不该要孩子的问题,朵特和哈姆请教过心理医师,有时他们一起去,有时分别去。但得出的结论也不过是:哈姆有中度恋母情结,朵特的恋父情结也过强。哈姆和朵特,他们俩人的观点常常相左,但在这点上观点一致:这一周一次的两小时心理分析,实在太贵太贵。

"说我一直还像小孩子那样爱我母亲,"哈姆说,"这个我本来就知道。根本用不着让人分析,用不着为此破费。用这笔钱咱们不如去旅游。"

朵特说:"旅游也许对我们真能有所帮助。心理医师说我总离不开父亲,这点我不同意。这个老家伙,总是嘟嘟囔囔的没好气,他总要提他那段西伯利亚的生活,烦死人了。"

可以拍的镜头:战争留下的老寡妇孤守在自家小房,洼地老农没了自家院落。哈姆、朵特倚在沙发上——不是靠在双人沙发上,而是各自坐在单人沙发里。一边是唠唠叨叨的老妈,一边是动辄吵嚷的老爸。最后梦境渐次展开,哈姆的母亲在哈德洼,朵特的父亲在他的养老单元房。他们并不知道这都是儿女的刻意安排,一个享受着儿子的细心照料（哈姆常从美味店买来母亲爱吃的高价甜点），一个在与女儿的拌嘴中感受融融乐趣。（朵特的母亲只有个饭后洗碗的镜头，会捎带出现。）他们的儿女，会又一次咀嚼起幼时教育的印记。

在此我不会反对，如果必要，可以让闻天这样的心理分析家再发表一些不阴不阳的言论："如果你们想要孩子的客观愿望总与有孩子的主观恐惧相左，如果这些会造成彼此拒绝性生活，或者造成性冷淡，那么你们的恋母情结、恋父情结……"

这没必要，闻天不必有双重角色。不过，如果他在我们的电影里还是印度教导师，或者是巴厘岛上的乡村神父，说这样的话仍大有可能。

比如他可以把哈姆和朵特从库塔海滩酒店叫出来，让他们坐上出租摩托车驶往巴厘岛上天堂般的地方。然后在一座小村庄，他们会见到一位老男人，或这位男人看不出年龄——他头戴巴厘式头巾，正蹲在树荫绵绵的垂叶榕树下。施罗尼导演会提议让奥托·山德尔①演这个角色，除此之外，他还应该扮演导游闻天博士，扮演伊策霍的心理分析专家。

这些都可以互换：我们的负面情结，我们的神经官能症成批成批；闻天可以在课堂上讲授帮伙团队效应，也可以只做某个销售网站的代理；像哈姆和朵特这样的教师，德国每座卫星城镇里都有；这座伊策霍小城，许多房屋都需要整修，有垃圾处理问题，有步行街，它也

---

① 奥托·山德尔（Otto Sander, 1941—2013），德国演员。

可以不在德国西北，而在德国西南，可以是西南小城图特林根，只是我不知道，图特林根坐落在哪条河畔。

但布罗克多夫就是布罗克多夫。这是一个行政市，一个教会管区，是新婚丈夫喜欢作为晨礼①赠送的出游地，这里的游泳池被涂鸦画满，它的不远处、易北河堤岸一侧，一座核电站建筑工地闲置着，它越来越荒芜，田园味道浓郁。它在等待王子送来温柔亲吻，在等待法院发布取消修建禁令的判决。这样的童话只出现在德国童话里②。我们的睡美人正睡在铁丝网里等待着。这是一个典型事例，需要有抗议活动，需要有警察出动。四五年前，哈姆和朵特同上千名抗议者一起，在这里举行集会抗议建造核电站，他们的抗议差点遭到武力对待。有时他们来这里回首往事，他们会说："你还记得吗，咱们当时在那上面，在那下面，警察就在……"——这里是他们的世界。

向堤岸那边望去，圈起来的工地后面是广阔的维尔斯特洼地，洼地上牛羊遍地。再顺着堤岸沿着落潮时岸边现出的滩地远望，渐渐汇入大海的易北河越来越宽阔。数不清的油轮、货轮、海滨快艇一艘一艘地驶向汉堡，驶出汉堡的也是一艘又一艘。再向远处望去，河岸那边的下萨克森州，像这边的洼地一样平缓，在那里，视线会变得模糊起来。啊，平原上飘浮着怎样的白云！啊，落日天空何等壮丽！草地如同画面一般！

---

① 结婚第二天早上新婚丈夫送给妻子的礼物。
② 指格林童话《睡美人》。

11月26日在石勒苏益格市又会有一个法庭审判日,它关系着那个圈起来的,还在威胁未来的建筑工地的命运。不过,工地周围,牛羊照样无动于衷,它们悠闲地啃食青草,风不断变着方向,潮汐照涨照落,大自然在装傻充愣。

这里我们需要——我们的电影需要出现新镜头:我们,或者我们的镜头总要回到布罗克多夫,回到我的大脑产儿处。我们会不会得不到在这里拍片的许可呢?除了这里,我们的教师还可以奔赴何处?

朵特的反对出自对人类生存的考虑:"核电站是反自然,反人类的!"她的口气毅然决然,发表见解时总得用上"怎么也得":"对能源怎么也得节省着点,或者怎么也得找一些新能源。"哈姆则更关心企业者利益:"这种事又要增加苛捐杂税了!"对此他的保留意见是,"必须先把处理废弃物的事情解释清楚,也就是日常垃圾、终极垃圾的处理问题,否则绝不能让这工程在这儿上马。"

对核电站,朵特的态度是坚决反对,哈姆则有所保留。他们就带着这样的不同立场,带着他们天然肠衣中、密封在薄膜里的猪肝肠,还带着他们是否要孩子的争论,开始了亚洲旅行。一路上,要不要孩子的问题越来越经常地同核电站联系起来。朵特说:"只要再建一个快速增殖反应堆,我先把话说前头,孩子的事就甭想了!"

这话朵特不是在布罗克多夫附近的易北河河岸上说的,而是在孟买说给哈姆的。当时朵特还没有受到宗教感召,而哈姆从贫民区回来后正开始拉肚子,因为他没有及时服用止泻药。这个贫民区现在叫猎豹营，从前叫"亚娜塔居住区"。

他们俩上路去买旅游纪念品（没有旁人，也没有闻天）。走在熙熙攘攘的大街上——那里应该能望见地基较高的印度核能研究所，他竟然将大便拉到了裤子里。棉布的渗透力很强，见到他裤子在被浸透，一群乞丐、小孩对此叫好取乐，对此他们本已司空见惯。朵特也在一旁窃笑。哈姆叫道："这有什么稀罕！这儿的人不都这样，想怎么方便就怎么方便！"

哈姆在脏裤子里轻松地（也可以说解除内急后快活地）抖着他的两条腿，样子全然像个孩子。现在他觉得自己不是外人了，他属于脏裤子一类了。他感到一种到目前为止还不曾有过的新自由。不再有什么一方面、另一方面了。他叫道："终于解了！好爽啊！"马路边上蹲着几个人，他走过去蹲到他们中间。一个蹲着的人给了他几片蒌叶，他嚼起来，然后像其他蹲着的人一样，吐出红色蒌叶叶汁。

朵特站在他们中间，汗水渍渍，身上又在微微发颤。她走开了。她不属于这儿，和这里气味不投。她那蓝白条相间的夏裙上没有一块污迹。她还是金发女郎，属于金色，那是出众的、有原则的、极端的金色。哈姆的头发开始淡黄了，渐渐发黑了，该变成蓝黑了，最终会变成好像与生俱有的黑色。而且他开始变得贫困，很快变得让人认不出来，然后变成贱民，下贱民。要知道根据统计数字，这样的贱民，在印度有八千万。

朵特哭喊着跑开，她跌跌撞撞边跑边喊，身后跟着一群缺胳膊短腿、皮肤结痂的少年乞丐。不过她还是跑回了旅馆。旅馆阴凉的大厅里,哈姆换了一身热带夏装,头发又像朵特那样金黄,他张开双臂拥抱她。

我还想同伯恩谈谈,谈谈应如何设想这件难堪事,如何编辑它,以及可以用些什么样的艺术技巧。可是尼科拉斯·伯恩不能同我们谈话了。他已危在旦夕。他只能关注自身了,如我们对他的了解,只是这次不会再出现对那个渐渐逝去的自我的报道了。他不必再表达自己。他永远不会再阵发性爆发。也不会再有长长的诗句。再也不会为找适宜的词语费脑筋,尽管他知道他那些费了脑筋的词句总是正确的。谁又能像他那样准确地不准确呢?

我们连同其他几位作家豪夫斯,梅克尔,布赫,彼得·施耐德有四年时间每几个月都要去一次东柏林。我们乘火车去,从西柏林动物园站坐到东柏林的弗里德里希路。过边境时得格外小心地藏起手稿,以免被查出来。通过边境检查后,大家便一起叫上出租,驶往小红帽路上的舍德利希家,或者去"柏林-布赫"区的库内特家,或者去伦巴赫路上希彼勒·亨茨克的一室的小窝里,或者去高层公寓楼里的萨拉·基尔施家,高层楼房里可以看得很远很远。

每次伯恩都来。他读他的小说《不为人知的一面》;舍德利希读他被开除、被圈定的故事;布赫讲述他被滥用的才华;萨拉的诗能让人落泪;库内特预告下一个冰河时代的到来;我则朗读我的手稿——那个在不断膨大的《比目鱼》;布拉什宣泄他的愤怒。不朗读的时候,我们谈天说地。不过墙纸后面的灰泥里很可能安了窃听器。或者我们中间有个密探,和我们坐在一起吃小香肠、酥粒蛋糕,用勺喝菜汤。东德国家安全部的人员肯定听录音磁带了,他们肯定都记录了下来,只是文学的东西当然没有学到,——这是那边的同事说的,他们被官方传唤去了,要求帮助解释听到的内容。这些人,不管在东德还是在西德,他们怎么能懂萨拉的诗行断折?怎么能懂库内特的扫墓?怎么能懂伯恩的考究的用词?他们要在每句话后面闻嗅危险,连段落之间的空寂也令他们恐慌。不管他们在东德还是在西德听到的,如果在交错重叠的句中偶尔出现了落地水果一词,他们肯定也会以为那是在指他们。

我们的交往不得不终结的时候——大概在1977年年初:当时比尔曼被取消东德国籍,已经到了西德。舍德利希、萨拉、布拉什、尤里克·贝克尔也将离开东德。就在那次,尼科拉斯·伯恩读了他尚不很肯定的《赝品》的开头部分。我们不知道,接下来他会写什么,不过他应该有所打算。

后来,不论是这个德国还是那个,国家采取了对付文学的措施。这个德国总有现成的说法,另一个则没有。

现在我们分散在不同城市,只能在必要时通过电话相互联系。此后我们想再搞的聚会由于有关规定被修改受到了阻碍。很难想象在西德窃听电话时能精神集中,这里有太多的噪音和无线电干扰声。

我知道,其实你们还想继续读自己的手稿,正如我想读我的一样,这些稿件既易受伤又很自信。我知道什么让舍德里希变得忧郁了,我知道萨拉的爱怎样刻骨铭心,我知道尤里克为什么忧虑。我在想我的大脑产儿,想德国人为什么会死绝。

同伯恩我们还可以谈论已变成了内容的形式:应怎样将过去与未来的事情均衡起来,让它们一起在当前状态中来表现。比如朵特和哈姆可以让他们的少年记忆——那沉寂的五十年代,渗入大学生抗议活动中——"你还记得吗,那时学生会……",也可以将他们老干将之间的谈话从基尔、新明斯特通过伊策霍带到巴厘岛上。或者当他们两位还咀嚼着杜什科①的遭谋杀时,他们也在想象未来的事情,一切好像都已经形成:他要做有关第三世界的报告,而她已经考虑好,如果施密特和根舍不放弃修建核电站的计划,她就要加入绿党:"就算这样会帮施特劳斯的忙!"

或者我问你们——问你,尼科拉斯,——这个对我来说越来越现实的可咒的猪肝肠应该留在家里呢,还是应该不顾它会带来诸多小情节让它飞往亚洲?这个慢慢在变质的东西会不会给哈姆带来麻烦?

哈姆拿着他中学同学的地址到丹帕沙警察局打听时,他就该被怀疑上了。闻天为他(连同猪肝肠)引见了一位又一位,当然都是些中国中间商,只是哈姆察觉不到他们都与军火交易有关。他甚至为自己(连同塞给他作为行李的几个箱子)包租了一架专机飞往帝汶

---

① 鲁迪·杜什科(Rudi Dutschke,1940—1979),西德二十世纪六十年代左翼学生运动领袖。1968年遭受一反共青年的枪击。

71

岛。他该降落到抵抗武装的一方吗？朵特会怎么说？或者他在丹帕沙机场就被警察逮捕，受到传讯了？他的猪肝肠被沿着中轴线切开，或者只被取出一小块样品，然后切口又被一小块胶布封上？这里的实际问题是：德国猪肝肠能坚持这么长时间吗？最后，为了再次回到要不要孩子的问题上，是不是得请闻天来当营救天使，把哈姆救出拘留所？

我的思考永远不会再经过尼科拉斯·伯恩的大脑了，我们也不会再一起比较各自的构思了。让我直冒冷汗的地方，他冷静漠然。他比我小十岁，他从未紧跟过哪个小旗手，从未在旗帜下肃立庄严地宣过誓，我的推测想象会让我产生愧疚感、同罪感、犯罪感，而他不必害怕。只要我在想象中将生日超前十年，让自己早十年，于1917年出生，那时我所做的一切，他都不在场：1941年我会作为伞兵同马克斯·施梅陵①一道降落在希腊克里特岛上，我还会参与其他的（没有他的）喊叫勾当，还会有为那种文字日思夜想——历历在目的不光是那些为领袖生日的敬诗，为古希腊多立克圆柱写的颂歌，其他的也都会记忆犹新——对游击队的扫荡清剿会让我沉默不语，还有对乌克兰村庄的摧毁——趴卧在雪地里时，我望到了村庄，随后我们到那里喷洒毒气，一个命令接着一个……

---

① 德国著名拳击手。

"咱们同这些有什么关系?"哈姆对他的朵特喊叫,"咱们是这些乌七八糟之后出生的。咱们得对其他的乌七八糟负责任。然而到哪儿都会有人问咱们,咱们这儿是不是又出现纳粹了。好像全世界都这样希望似的。什么呀,我们操心的是别的事!不是这些没完没了的陈芝麻烂谷子!我们操心的是明天的事!是接下的八十年代该做的事。而且绝不要施特劳斯。他属于过去,他还想占领斯大林格勒呢。"

第 五 章

哈姆、朵特旅游时,如人们所说的我们前面的八十年代已经开始了。我从1979年11月开始写这本书,打算到元旦前,在我们的客人前来品尝鱼肉佳肴、共度新年除夕前,结束《大脑产儿》的初稿。

很快,乔治·奥威尔描写的那个年代①开始了。另一本书可以这样开头:"嘿,亲爱的乔治,一切不会全变得那么糟,也许会变成另外形式的糟糕,也许在某些方面会更糟糕。"

比如,人们每天收到的不断更替的新闻;比如我们知道一切,然后转瞬忘记;比如理性通过老掉牙的高调,教给我们要将妄念当作进步来接受;比如人们已明白,只有增加军备才能达到各方面都希望的裁军;比如为了在民主中加入新知识,每人都被塞进了选票统计系统;比如产品的不断增加迎来能源短缺;我们得吞服药片来对付药片;我们的假日成了消费动机,我们的季节由季节大甩卖终结。我们很聪明,尽管这个世界有些地方吃得太多,有些地方却没的吃,可要

---

① 指二十世纪八十年代。乔治·奥威尔(1903—1950),英国作家,这里指他著名的小说《一九八四》。

想在这个世界上保持食品价格稳定,就得堆起座座黄油山、猪肉山。根据统计数据,每年会有一千五百万孩子忍饥挨饿,实际上这个数字会更高,到 1979 年年底柬埔寨会达到的死亡人数①就是例证。因为我们对每个可怕事件都能找到相应的词汇,以"供给短缺"就能将众多死亡掩盖。我们有了一位新波兰教皇,其不容置疑程度绝不亚于伊朗的霍梅尼。总的来说世界并不缺乏伟大领袖的形象:一边有华盛顿虔诚无比的布道士,一边有莫斯科的病态市侩,他们都想对世界发号施令。当然作为福祉商标的古老美好的资本主义及古老美好的共产主义依然存在,只是它们——感谢它们久经考验的敌对关系(亲爱的乔治,一切如你所预见)——将变得越来越彼此相像:它们是我们必须爱戴的两位可恶老者,因为它们的爱不可拒绝。老大哥②有个孪生兄弟。不管怎样,人们总是乐于争论:监视我们的这对孪生兄弟是一卵所生,还是来自两个卵。

我们就这样抱怨着进入下面的十年。在这个时代:在学校作文及文学新人的首部小说中竞相表达着低落情绪。这些作品往往还没开始,生命已告结束。我们的诗人每天要吐出无数无关痛痒的诗篇:个个都是擅写花样层出的空洞意义的大师。自从启蒙思想作为神圣母牛被干化、被制成标本、成了陈列展出品,它再不能为进步事业挤出奶汁。启蒙思想的乖孩子们花完了走弯路的盘缠,便要下车走人。

---

① 指 1975—1979 年红色高棉大屠杀。
② 乔治·奥威尔著名小说《一九八四》中有一句话"老大哥在看着你",后来"老大哥"这个监视者成为一个西方著名电视节目的名字。

昨天的革命家们自怜自爱地（表面进行着抵制）躲进了官僚体系。每个人都宣称自己属于心怀恐惧之士，已经有些学校在教授如何对待恐惧。在冷漠社会中我们要用热面对。人与人这样打着招呼："学做刺猬吧，把自己蜷缩保护起来。"节能汽车在尽快开发，所有楼房要加上一层绝热层，（在自我爱好屋里）通过隔音墙保障想象力的自由，收集音乐唱片（严肃音乐和通俗音乐），一边等待未来，一边还要思考几个可爱的可能性：如果真正的需求……如果每人都有这么多……如果有他……如果没有他，没有人再……假设我……如果什么都不再按照民主的原则……如果民主被看作无能……如果你，或者假如我……如果我，而且如果只有我拥有决策权……

做一个独裁者吧。现在就开始，从除夕夜起，在这个八十年代开始之时。所有的人都有这个完全轰响在心底的、（同其他原始梦一样）原始的、小小的私人梦想，这个梦就是：可以天马行空，独往独来，可以所向披靡，永远像个孩子，可以真人不露相，可以扮演上帝角色，可以妻妾成群，可以预测未来，可以搬山填海，可以拥有不容置疑的无限权力……

不过只一年，我肯定就做够了。一年之后再让寻常民主来削弱我的那些"善行"。我本来也不想什么都取消，只想取消这个或者取消那个。对私有财产我要像长期以来对我及他人的精神财富一样来处理：作品作者（那是我）去世七十年后，（我的）版权可由社会共享。我（作为独裁者）要将此"善行"依据法律扩展到私有财产上，扩展到购得的、继承来的财产上,扩展到房屋、工厂或农田上。这样,逝者子女和孙辈就必须来继承遗产。接下来的后人则不再有遗产,不会再受太祖父遗书的影响,可以一身轻松从头开始……

我不是和平主义者,因而作为独裁者我不必取消联邦军队。不过我要对军队进行改建,使之成为灵活机动的游击部队,这样当侵略军来到时,会陷入旷日持久的游击战。这支游击部队里,妇女儿童均有义务参加,此外,家庭宠物、祖父祖母也可一齐上阵。因为我这支军队不按照常规作战方式作战,我们这支抵抗力量是紧密团结、亲如一家的战斗团体,我们的抵抗坚韧顽强,我们游刃有余、可屈可伸却坚不可摧,一切为了消耗敌人、拖垮敌人;要知道古罗马人就是这样被拖垮、被消耗掉的。

当然作为独裁者,我做的事应受到公众欢迎,如果法官宣读处罚判决,他本人也应该在牢狱中坐满十分之一的处罚期。作为独裁者,我也要解决能源问题,我要通过夜间停电,通过在市区禁止车辆往来缓解这个问题。此外,我(独裁者总有小范围的取乐倾向)会让德国人重新戴上老式的绒球尖帽:因为夜里卧室没有暖气。事实证明,不管是停电还是戴上绒球尖帽,为阻止德国人口下降,并朝繁盛方向发展,这些都是适宜手段。

反正各种教育改革已告失败,我将取消通行的义务教育,因而很快会出现缺知少识的孩子,他们会凭借自己的阅读热情,吃力啃起大部头书籍。家庭教师又会行迹匆匆,还会出现与之对应的爱情故事。这整个的八十年代,要在全国范围禁止谈论教育,禁止对各种新旧教育方针和理念进行口头及书面介绍,此外,还要禁止谈论学习目的、教育事业、教学法、教学大纲、联邦教育研讨会,禁止谈论小学生入学年龄、大学教学法、转学等问题,反正所有有关联邦德国教育思考的词汇,统统禁止。

减轻教师负担后,接下来应该废除公务员的普遍权益。这样,这个联邦德国——我这个独裁者只为这个共和国效力——会做出要使这个美丽国家轻松一些的善举。在"赦免书"中我对这个废除这样写道:"在这里,我要将自由还给几十年来没有经历任何风险的可怜的人们。他们再不会直到生命终结都在无指望中生活了,他们的生活再不会被周到地安排好了。他们再不必为自己的特权羞愧了。未来生活中,他们再不会受到优先权的隔阂了。他们终于也可以感受生活中的甜蜜风险了。"很有可能,我要将威廉二世皇帝的名言做一下改装,将他的话用到这个八十年代里来,那就成了:"我不再知道有什么公务员,只知道有德国人!"①

对我们东部的独裁邻居我有个建议,为公平合理,这两个德国应该每隔十年交换一下社会制度,让民主德国到资本主义体制里疗养一下,让联邦德国到共产主义思潮里加速一下新陈代谢,当然严格的共同边界还必须保留,只是这里需建立一个两个德国的公共机构,来负责处理东部私有财产的归还及西部厂房的收缴和国有化……

至此,其他小改革就不提了,我这个众望所归的独裁者已筋疲力

---

① 原句是:"我不再知道有什么党派,只知道有德国人。"

尽。有些人会说,其实没做什么,并没给出什么前景。我承认,对眼下这些小改进我已经很满足了,再说哈姆现在肯定也想当独裁者:"不过只干一个小年!"

让哈姆兴奋起来并说出这番话的,是朵特。那是去巴厘岛中部看火山的时候,她(又一次)把她的哈姆当成小丑来耍。哈姆一副兴高采烈的模样,他在熔岩碎石间蹦来跳去的样子尤让朵特喜爱。他简直像个永远长不大的大孩子,很像一位北欧连环画中,举着粗棍同巨人怪物抗争,张着大嘴面对整个魔鬼世界的英雄。

闻天做了一个小报告:"这个阿贡火山在1963年夺去了一万五千人的生命……"之后,旅游团在火山附近步行了半小时。到了中午,他们坐下来休息。这两位开始胡闹。朵特将熔岩石子堆成个小神庙,将两个橙子、一把松果放进小碗当供品,像模像样地摆到小庙前。哈姆则在大自然的舞台上,对着云遮雾绕的火山口试验了声响效果。"嘿,"他叫道,"妖魔鬼怪们,哈姆,我来了!来找你们宣战来了!我要消灭一切迷信。你们滚出来吧!展露你们的青面獠牙吧!你们想抢夺我的恋人,我要告诉你们,我们德国人会怎么做!我们可以一打七①!一个人反抗所有人!骑士,死神和魔鬼!"

朵特觉得哈姆的举动稀奇古怪,他的言论也让她觉得不受听。"嘿,哈姆!"她喊道,"我们在这儿不过是过客!你本来是个挺宽容

---

① 格林童话《勇敢的小裁缝》中小裁缝一巴掌打死七只苍蝇。

的人。这火山,我觉得,它会受刺激的。你不能去解救什么别的吗?比如,去解救受压迫的民众,去解救我们可怜的分裂的祖国。来呀,哈姆,你来啊。如果你在德国有权有势。比如你可以当一个独裁者,反正民主都快被扔进废纸篓了。"

哈姆说干就干。他是个精细人,是个模范民主主义者,他敬重所有人的表决权,视所有理性妥协为神圣,他每天都要多次说出基本民主这个词,能熟练运用"一方面,另一方面"的分析原则,他喜欢将罗莎·卢森堡①挂在嘴边,随时准备为他人的思考权抗争。不过现在他要做另一个角色,要在火山岩石之间做一次独裁者。

当然我是逃不掉的。我绝不允许哈姆滥用他的权利,比如他有可能禁止自诩民主的党派。不过,当哈姆说,他要废除教会税时,我和朵特都举双手赞成。"说真话,"哈姆对着云雾缭绕的高高的火山口喊道,"教会不应该有钱,因为耶稣基督就是个穷人!"他将教会税派上了其他的用场,他说,"教会税是没有了。但是,我下令,这笔钱还是要缴上来,不叫教会税,叫累进发展税,用来支持第三世界国家的发展。当然不能用于修建丑陋的工业设施,这是绝对不行的!首先要用这笔钱帮助农业发展项目,要用此税设法解决一些国家大城市的贫民区问题。"

朵特很兴奋。她叫道:"哈姆万岁!"可是我刚一提出我的独裁者宣告,让独裁者哈姆取消义务教育时,这位文理中学女教师马上表

---

① 罗莎·卢森堡(Rosa Luxemburg,1871—1919),德国马克思主义政治家,德国共产党创始人之一。

示激烈反对,"这是要我们倒退一百年!这样只会有利于有特权的人。"

我所以要取消义务教育,是要鼓励真正的阅读热情,不让阅读热情受到强迫与阻碍,还要提供有成效的空闲时间,但哈姆也不很愿意站在我的取消令一边。因而我想将我的取消公务员法令强加于他,这是对德国公务员法的彻底清除:这会是一场大革命!这会涤荡污泥浊水!终于会有新鲜空气吹来了!

些微犹豫之后,尽管哈姆、朵特作为教师都是公务员,哈姆还是毅然决然地为西德人民开出了长久以来急需的处方,而且用我的话说,他将这个处方命名为:"用于解除公务员享有的人类尊严优先权的压力"。"正是如此,"朵特叫道,"我们做教师的就是要自由解放!伟大的哈姆,把我们从公务员法中解救出来吧!"

不过令我吃惊的是,不管是哈姆还是朵特,都不肯让联邦军撤出北约,而且还拒绝我将游击队作为可能的军队形式来接受,尽管游击队作战灵活机动,可以消耗侵略者的战斗力。哈姆虽然同意我的看法,也认为"旷日持久的游击战对苏联的打击会胜过我们的火箭神话",只是他反对这种战略战策的理由,最终还是说服了我,他说:"德国人不适合打这种游击战,他们不愿意为确保潜入地下的存活而搞诡计,如果必要,他们宁愿在战场上全军覆没。"

此外,放着我的妙招不用,独裁者哈姆提出了令人吃惊的设想:"联邦军还是得保留,北约不能撤。而且我们要通过增加军备来达到裁军。只是我们联邦军的所有军事装备,不管是火炮还是火箭,不管是定向的武器摧毁器,还是全天候歼击机,都要通过精工细作的仿造物来代替。这样,即便我们坚决拒绝战争,我们的抵抗意志,还是能作为政治手段向我们的敌人展现出来。这样,没有人敢站到理论上占绝对优势的我们的纸浆坦克前面去,没人敢面对我们哄人的、吓死人的火箭模型,没人敢面对我们由塑料制品组成的威严吓人的军阵。做这样的事会使自己很可笑,没有人会自觉自愿地让自己可笑,俄国人也一样。此外,这样的军备改造,可以提供上万个新型工作岗位。"

哈姆的滔滔宏论令朵特惊奇,接着他又按照我的思路,讲起解决八十年代能源问题的办法。他提出要发展风力发电机,发展热泵装置,发展巨型太阳能集热装置,提出要实施严格的节省能源计划,这些都得到了朵特的赞同。她甚至还嘟嘟囔囔地说,在此,也可以减少使用核能反应装置。他提出,要从那些死火山里获取能源,比如从爪哇岛中部可怕的默拉皮火山、巴厘岛这里的阿贡火山中获取。应将火山中蕴藏的能量释放出来,存储起来。朵特将这些称为了不起的宏伟设想。当大独裁者将话题转到德国问题——有关两个德国的问题及其解决方法时,他老婆脸上则现出一脸困惑:他想干什么?他不是当真吧。

作为两个德国共有的独裁者——如他自称,哈姆拒绝我的"社会体制十年一变"的建议,提出他的"持久解决德国问题的中期规划"。

哈姆身旁是一棵枝干零落、将要窒息的老树,他站在火山岩石上,一字一句地宣告:"自今日起,两个德国的德国人民自愿作出要高高兴兴地死绝的决定,这是一个会给人类带来幸福的决定。这个决定会得到社会福利保障,对此决定不许提出任何异议。将不再有新生儿出生。不慎出现的怀孕必须立即终止。意外情况下出生的孩子将不能得到国籍,会转送到亚洲领养。德国有古训'或者都要,或者都不要',这里讲的即是都不要的情况。这样,按照《圣经》中的时间度量规则,也就是七十年后,或者说得更长些,八十年后,德国民族将乐观十足地走向灭绝。这个民族所有的机构设施会消失殆尽,它所有的法律和管理体制,它的要求和它的债务,都将消失殆尽。这个空白地区会交给大自然来处理。空间会由森林和牧地占领。河流又可以随意畅流。德国问题终于找到了答案,这个答案很适合德国人的本性,符合他们的牺牲精神。自然,奥地利以及使用德语的瑞士人也可以加入到这个自我放弃的中期项目中,不过不必强迫。我的方案是小德意志式的①。'即便我们死去,德国永存!'这个险象丛生的战争口号②终于找到了一个和平意义。正在死绝的德国民族万岁!"

"我不同意!"朵特看不下去了。朵特的否决使哈姆不能再做独裁者。她向火山恳求道:"伟大、神圣的阿贡火山,你听到他的话了吗?你快说点什么吧,堵上他的嘴!"

---

① 指不包括奥地利在内。
② 出自工人诗人亨利希·列石(Heinrich Lersch,1889—1936)的诗句。常被写在阵亡战士墓地。

既然火山不语,朵特就得自己来讲。"我不想开玩笑,"她说,"我现在决定要生一个孩子。"她一边说一边摸摸肚皮,好像她怀孕了似的。她说:"我有权要孩子。"凉凉的熔岩上,朵特甚至哭了起来。即便哈姆半心半意地说,等他们有了孩子,再实施他那让德国民族死绝的计划。这话对她也没有多少安慰。哈姆必须保证他不再打算做独裁者。哈姆手脚并用地做了承诺。可接下来,朵特要求他彻底同"不要孩子"决裂,改弦更张做出要孩子的决定,这让他马上不吭声了。朵特要求道:"哈姆,你得马上保证,就在这儿,在这熔岩上!"

哈姆兴头大衰。他不想这样,他不能这样,他不打算想,也不打算能。这时我们听到哈姆在碎石上跳着脚大声喊叫:"我们的人够多了!还是死绝为好!慢慢死绝!反正早晚得有个终结!科技进步得有终结!没完没了的养老保险得有个头!还有这个中期远景规划也得有个头!"

跟他一起有些低落的朵特这时缓过劲来:"你喊哪!小伙子!"她不愧为农家女儿,泼辣而强悍,"全喊出来!不过归根到底你会做的。你会的,因为我愿意。女菩萨已经感动了我,我受到保佑了。不论到哪儿她都保佑我。"说着她从头发上取下一只蝙蝠,还掀起裙角露出她左腿,那上面缠着一条蛇。哈姆还在情绪低落地喊着什么,朵特却笑着把蝙蝠放到一棵从熔岩土壤里钻出来的小树上。那条长蛇——如果拍片时可以办到的话——则从她腿上滑到她穿着凉鞋的脚上,然后钻进一条地缝,消失了。

这个镜头不会删去。头发上的蝙蝠也好，腿上的缠蛇也好，同通过增加军备来裁军以及德国的公务员法规一样，都很实在。而且是朵特本人经历的。她从蝙蝠洞出来时，哈姆的摄像机正冲着她，因为手有些微动，模糊的镜头还是对蝙蝠将首次落到朵特金发上的遭遇做了预示。在这里，影片不该滑到作证天主教慈悲为怀的方向上去，不该将朵特的"纯洁受孕"表现得真实可信。不过只要哈姆和朵特还在巴厘岛上，我就能编排一些与这个愿望有关的情节。

比如，朵特每晚坐在酒店阳台上等那只蝙蝠。蝙蝠来了，落到她头上。对此，朵特在日记上写道："刚才那只神灵蝙蝠又造访了我，它是每天夜晚来临的预兆。哦，亲爱的哈姆，如果你能知道，你的理性有多蠢……"

比如，旅游团去巴厘岛上观看舞蹈表演，那是著名的火舞。看到舞男赤脚将燃烧的稻草踩成灰，哈姆曾一阵恍惚，甚至产生了光脚跳舞的冲动。结果，闻天博士和威廉港市的财政官员一起把他送回大众大巴车上。这辆西西弗斯旅行社的旅游巴士，一直带着他们在巴厘岛活动。

这些不过是电影中的小插曲，没有解释的必要。只是当另一个镜头出现时：夏末傍晚，黑氏咖啡馆，伊策霍的竞选活动上，朵特在一群强健女士中间做报告——突然这位做报告的自民党女士头上挂上了一只蝙蝠，它没被看作社民党自民党大联合政府应该继续执政的理由，而只被当成了奇异的外来物。

看到蝙蝠的女士们大声惊叫，朵特赶快将这蝙蝠解释为八十年

85

代所有可怕事物的化身，这才使她们安静下来。接着，她将旁边的窗户打开，将那只已经舒适地卧在她头发上的蝙蝠放走了。"女士们，"她说，"我只向大家做了个演示，对刚刚开始的八十年代，对这个年代的危险事物，我们应果决地应对。"

镜头以强健的家庭妇女和强健的职业妇女们的掌声结束，然后，镜头通过轻柔过渡，如果施隆多夫愿意，也可以过渡，我们又回到巴厘岛。在这里，头发上的蝙蝠完全是个自然现象，对此谁也不需要什么理性解释，就像在德国，将猪肝肠封在透明塑料薄膜中，完全是自然而然的事。

再次回到猪肝肠上。它在巴厘岛上引起了嫌疑。哈姆没有忘掉它。他还得找那位老同学乌维。那个老伙计爱吃这种灌在天然肠衣中、些微烟熏过的粗粒猪肝肠。哈姆觉得猪肝肠的事很难对印度尼西亚的警察解释清楚。眼下的问题还有，这个遭到怀疑、包在保鲜包装里的食品看上去像遭受了打击：它在浸水。要是没有闻天博士，没有他为哈姆和他受到双重威胁的美味佳肴说情开脱，这些猪肝肠肯定要受到取样检查，然后再由胶带封贴上了。

终于他们又可以带上这个德国礼物上路。在一片荫凉处他们喝起果汁，这个飞到亚洲的异常物也在忍受近三十摄氏度的热带潮热。这时，闻天博士做起简要又啰嗦的讲话："亲爱的朋友们，在巴厘岛上不存在可以理解的东西，存在的都是让人不可理解的。比如你们的老同学、这位延森先生。我很了解他，可他却不存在。而且他让我代问大家好。对他姐姐，就是在家帮你们照顾家猫的姐姐，他也让我代好了。此外,他还让你们继续努力,为德国的教育事业尽职尽责,勤奋工作。带来的猪肝肠,他对此表示衷心感谢。对他来说,它是疏忽短暂的象征。你们的朋友还说,如果你们仍然坚持要亲自递交这个来自荷尔斯泰因的美食,那么那几个必须额外加带上的重重的箱子,很可能会引出危险多余的金钱交易。对一个只在纸上畅谈革命的德国文理中学教师,外加社会民主主义者,这是很危险的事。换句话说,亲爱的哈姆·彼得斯先生,这也是您朋友的建议,咱们就让猪肝肠的事到此结束吧。您应该找些适合您做的事做。不要到帝汶岛上去进行只会有损失的战斗,您的战场在家里的大选上。家里人怎么说的:那是我们面临的八十年代的问题。"

我希望我们的猪肝肠问题就此有了了结。这个话题显然不能引出足够的情节。剩下的冲突、矛盾,其尖锐程度本来已慢慢达到了中等程度,而现在绑着它们的绳子已经松弛,真让人不省心!

镜头:依山而上的层层梯田上,种有一年三收的水稻田。面对这个广阔的绿色景色,闻天博士对旅游团一行人忧心忡忡地说:"我的女士们先生们,这是天堂啊!大家记住它吧,以后它会整个消失的。"

如果西西弗斯生活在奥威尔的八十年代,他会怎样?他的石头会变得理性吗?他的石头会被合理地清除吗?

旅行社大众牌旅游大巴的车门上,印有古希腊神话中推石人——西西弗斯的推石像,那是这家旅行社的标志,这幅画的前身是古老瓦罐上的画。每当看到这幅画,哈姆·彼得斯都会做一番哲学联想，会将西西弗斯的工作及精神境界同民主社会主义的任务及伦理观念做一番比较。他对朵特说："民主社会主义要做的，看来同西西弗斯的一样，把石头奋力推上去，石头扑通一声又掉了下来。再推上去，再掉下来。推上掉下，这是终生使命。我想说的是，常常是刚刚完成了一项什么改革，马上又会让人觉得，天啊，另一个小改革也该进行了。永无止境。我告诉你，什么事都永远干不完，永远停不下来。你永远得等着接石头。"

这里可以让哈姆假扮西西弗斯进入镜头，他可以在熔岩山上向上推一块大石头，这块大石头就是他存在主义式的改良主义。他刚刚在这里扮演了一次独裁者的角色。（"嘿，朵特，"哈姆喘息道，"这次是养老金保险的第七个改革方案。"）

或者我们看到他在布罗克多夫河岸上推一块大石头（这次是核废物处理方案！）。我们看到石头就要滚到河岸上了，但由于自身重量（用慢动作表现），石头变得不稳起来，然后顺着坡地滚下来。哈姆又去推它，让它滚动起来。朵特对他喊着："推呀哈姆，不要放弃！你没问题。再来一次！我们就要这样给八十年代施加压力。要迎接大挑战。松松垮垮可不行。加油！不要松劲！加把劲！你能办到！看这儿，看这儿！咱们旅游活动上写着：'这里面有着西西弗斯未以言述的全部乐趣。他的命运归他所有。他的石头是他的事业。'"

哈姆听朵特的，也听加缪[①]的。

[①] 加缪（Albert Camus, 1913—1960），法国小说家，诺贝尔奖获得者。

奥威尔吓不到他。哈姆是反对荒谬的荒谬英雄,他是这个故事的主人公和英雄。

阿尔贝·加缪的散文集发表在战争中期的1943年。我读到他的《西西弗斯神话》是在五十年代初期。这之前,二十岁时,我已经理解了所有存在和存在主义的问题。那时我刚刚被战争解雇,痴傻呆蠢,对所谓的荒谬一无所知。后来,当我对荒谬这个概念可以进行人格化理解后,当我厌烦了基督教马克思主义关于希望的扯淡,了解到有这么个爽快的推石人,他只会徒劳推石头,只会招致讥讽、诅咒、惩罚时,我便开始寻找起自己的石头。找到后竟乐此不疲。石头给了我意义。意义在石头本身。没有哪个神可以取走它,除非向西西弗斯投降,让石头待在山上。那么一切会变得怎样索然无趣,让人不再有希望。

我的石头是什么石头?它是那些没说出的话语?是那本书之后那本书后的那本书?或者是德国人的强制性劳作,是为推石人(以及类似的荒诞傻瓜)创造的可让他永远推石头的那点自由?或者是带癫痫性的爱?或者是为了公平的抗争?它上行得如此艰难,它可以如此容易地落下山谷。

这一切让我的石头又圆又方。眼看它滚到山上时,思绪中已在想它的下落。它永远不让我失望。它对我一无所求,我也不希望与它脱离。它很人性,适合我,是我的上帝,没有我,它什么也不是。神圣的耶路撒冷换不走它,尘世的天堂也不能让它变得多余。因而,谁若向我宣告,石头终于到达了山顶而永不再落下,这只会让我嘲笑。如果石头想让我成为"一次又一次"的英雄,它也会遭我嘲笑。"石头,你瞧,"我会说,"抓住你实在很容易。你如此荒谬,我熟悉你,知道你适于做商标。用西西弗斯可以做广告,同你则可以结伴旅行。"

第 六 章

　　据称,第一次世界大战的战火是在塞尔维亚城市萨拉热窝点燃的,第二次世界大战则始于我的家乡但泽,现在却要轮到德黑兰了。整个世界如果不再谈论什么家庭琐事、体育新闻,谈论黄金价格以及它的飙升下跌,便要谈论不断出现的绑架案,谈论局部地区的某个严重事件。人类到目前为止能数到三了,①这话不假。

　　美苏两个强权教会了我们颤抖,他们还通过越南和布拉格告诉我们,什么是他们的道德。可就因为他们,我是否就该放弃我的文字游戏?就该让所有过分的爽快②败兴?就该辞掉缪斯?就该在脑中出生的两个小人开始咿呀叫爹妈之前,为他们吹灭我不否认的、迷惑人的、可笑的生命之星火吗?这意味着对强权表示敬重。意味着,要认可你们臭烘烘的道德。意味着,要接受那个坏了萨拉热窝名声、毁了我故乡但泽的"报应逻辑"。这个但泽,现如今叫格但斯克,通过我的文字,它已得到新生。没有哪个强权人物能达到我的水平,而且

---

① 意为他们不笨。如果要说一个人笨,德国人就会说,他数不到三。
② 指揶揄、嘲弄。

他们既可笑又浮皮潦草。我要高傲地否决他们阻碍我写作的权利。

其实这一切(不论是纸上的,还是在我脑袋里的)都应该同时进行。哈姆和朵特的亚洲之行正在进行,我眼前还是他们坐在家里研究"西西弗斯"旅游广告的镜头。朵特叫道:"你看,你看这儿!这还有一段加缪名言呢,摘自《西西弗斯神话》。"

朵特举着旅行社广告读道:"与山峰的这番抗争可以填满一个人的胸臆……"接着我听到闻天博士在巴厘岛上——这次是在一个印度教寺庙里——的声音,他接着朵特的话说:"我们必须将西西弗斯看做快乐的人。"

哈姆临出发前说了:"这样吧,咱们要孩子。咱们不瞎扯了。我现在决定了,到巴厘岛后……"可现在,我又会听到他在库塔海滨酒店犹犹疑疑的话语,"是啊,是啊,我是说了。我是说了。不过现在不了。不管怎么说,不要这么急。得先做准备工作。瞧瞧这儿,这里的一切。还是让人很受震动。"

这话让朵特"很生气"。她一边将印度教送子小神像小心翼翼地包进一块蜡染布巾—— 她包小神像的样子就像她在伊策霍将熨烫好的衣服放进行李箱里——一边说:"对不起,我也觉得自己这样冲动很可笑。我在想,如果我怀孕了,我一回去就参加竞选,为职业妇女争取产假补贴,而且……"

哈姆不一样,上路前他便想好,不把"联邦德国的政治纠纷"带在身上。可是想归想,当他走上海滩,或在购买旅行纪念品,想着

"这个象牙蛇形手镯可以给亲爱的朵特买一个"时,政治问题总会从脑袋里冒出来:"在这里,脑子里又出现了不少念头。从孟买就开始了。等咱们回去,我得总结出几个专题。比如关于发达国家同发展中国家的差异的报告。这些事情要陈述清楚。而且要在大选时讲。"

如果世界局势允许我们在夏季旅游季节拍片,那在这两位积极从政的教师脑袋里——他们脑袋里还有其他想法——就不能停止关于大选的考虑。哈姆随身携带着日历本,海滩棕榈树的阴影里,他还写着大选活动安排:"9月2日上午,咖啡座谈会,地点:凯灵胡森。9月5日,同绿党进行讲台讨论,地点:维尔斯特。9月12日,年轻选民活动,地点:格吕特施塔特。9月17日,街头讨论会,地点:步行街……"

我让哈姆练习讲演,或者迎着海滩上的浪花,或者对着稻田中"划着双桨、斥责声不断"的鸭族:他做练习时得面对着什么。最迟要在巴厘岛上,在朵特拜访送子菩萨时,我要哈姆做反对施特劳斯,或者放过施特劳斯,做反对施托滕贝格和阿尔布雷希特的演说:"这些先生能为八十年代做什么!"

他的讲话很有内容,不论关于综合中学,关于北德广播电台的未来,还是关于环境保护,关于废物垃圾处理,论述中均包含很多"一方面,另一方面"的复杂结构。此外,他为自己的讲话备好了不少固定句,比如:"我们深思熟虑后认为,核电站可以有限扩建,但再生核能站绝对不行!"

还有:"更新北约的军备很有必要,但更新装备不能让我们忘记裁军的原本目标!"此外他还一再强调"发达国家应该承担起对第三世界的责任"。

一边是海滩、海浪,老妇人们像往日一样从海里拖出盛着贝壳的草筐;一边是哈姆,他继续做着要改变现状的憧憬:"七十年代里常听到句子是:富人越来越富,穷人越来越穷。这种状况不能在八十年代里继续下去了……"

还有其他句子。哈姆的话语或伴着海浪的闷响,或迎着稻田水鸭的责备,施隆多夫导演应该想办法,让影片出现鼓掌或喝倒彩声。镜头中是在凯灵胡森的上午咖啡座谈会,或是在维尔斯特,在一家烟雾缭绕的小酒馆里,年轻选民在参加座谈。

就像有关孩子的争论,竞选问题也该结束了。一个地方又一个地方,一切都处于当前状态,只是猪肝肠不同——又该说它了——它有自身发展、变化的能力:它在变质。其他物件都能从伊策霍飞到亚洲,再被拖回来。这些东西到哪儿都一样用。有的地方需要泄水,比如维尔斯特的水洼地;有些地方则要灌溉,比如巴厘岛上的稻田。只是那个臭气熏天、污水纵横的曼谷空堤区的贫民区,能不能将之搬走,搬到圈起来的布罗克多夫核电站工地去?

至少这两个地方的占地面积近似,这种迁移在未来也有可能。我们要用硬剪辑和软剪辑的手段来表现,运输问题可以省掉,五万南亚贫民区居民,就住到了易北河岸后面,被圈进了建筑工地。他们的小屋破败不堪,由木板、波形铁皮搭成,建在木桩上。屋前的小路断断续续,四周是垃圾、粪便和污泥。而工地外围,绿草茵茵,牛儿在悠闲食草。绿草之绿,颜色仿佛是直接从颜料筒里挤出的;草地上空,是德国北方的蓝天。

哈姆和朵特在堤岸上观望着这一切,又将自己置身于被堤岸观望的状态,想象起自己在贫民区度过的一夜,想着西西弗斯旅行社的口号:"体验未经修饰的亚洲!"这一切都是可以想象的,因为其可以想象性,又是真实的。(哈姆说:"全是脑袋里的东西。")因而他们在孟买时,或者在他们梦中的小岛上时,可以很容易地想象:他们又回到了卡尔大帝中学的教室。迎接他们的是一个又一个问题:"你们的旅游怎么样?""您怀孕了没有?""您什么时候能得贵子?""什么?搞错了?""真应该让咱们德国人死绝,让印度人和中国人越来越多吗?"

这些中学生总是磨磨蹭蹭,问起话来像在不满地嘟囔,像被人打扰了睡眠。对他们这些突兀的(哈姆、朵特对他们的导游就抱怨过这些学生)问题,闻天博士可以给出答复。他会边走边解释,一直走进"库塔海滩酒店"的棕榈园。他的回答绵绵长长:"亲爱的孩子们,不仅如此,还有更糟的呢。那些爱游荡的印度人,还有埃及农民,还有人口过剩的墨西哥人、爪哇人,还可能有十亿中国人中的百分之七,他们会结成联盟,离开他们阳光明媚的故乡,渗透到我们这里来。尽管遥远的路途会阻碍一些人前来,但他们终归会大批大批地抵达:渐渐地,他们会如潮涌般地,最终不可阻挡。孩子们,彼得斯太太、彼得斯先生肯定教给了你们算术，你们可以算算，到2000年，世界人口将增加三分之一，达到近七十亿，而其中的四十亿，密密麻麻地全蹲在亚洲大地上。全世界每天会增加十七万人口。这些人得有地方去。过剩的人口要流散。欧洲正是个好去处，这里有福利体制，有明文保障的人权，有它基督教的良心发现。不过别担心，孩子们。这些人勤劳、本分。他们会占有我们的工作。他们学什么都比我们快，也不像我们需要较大的居住空间，每个大家庭有两间房就够了。他们不必有从事个人爱好的专用房间。他们的人口会不断增长，这不是限于脑袋里的增长，是确确实实的增长，这种增长能让我们利用。孩子们，在你们休息的时候，放松的时候，什么都不想的时候，在英国、法国，在我们这儿，这一切都已经开始了。这些人会很快适应这儿的气候。那些从爪哇来的小伙子，难道他们不能有做德国人的感觉吗？我们愿意做聪明人，那为什么不能聪明些，学一些汉语口语？不要再总以标准德语与人交谈，我们的后代——你们，亲爱的孩子们，还有你们小独生子女们，会少得可怜，可是谁会阻止你们去同埃及农民、墨西哥混血儿缔结连理呢？到时候，那些中国沿海城市清灵苗条的姑娘，还有巽他群岛的温和男子都会成为争爱对象；印度神话般的佐料也会成为美食。别担心，孩子们，德国人不会死绝。通过混血组合，他们会增加，会更精致，会成为两亿，三亿。这个世界，我该怎么说呢，这个世界会将德国人包容掉。做一个德国人，就是做一个地球人。我们还会是出色的！什么？孩子们，你们说什么？你们说你们不想混血？你们要保持日耳曼-斯拉夫-凯尔特人的组合，保持种族的单纯,不混血?什么?你们享受了政府补助的笨脑袋要将你们圈起来,你们要闭关自守,这样长久下去能行吗?我们要保持现状,你们在喊,我们不要改变!你们还喊:快关门!马上封港!马上隔离!筑墙!——我不会笑的。如果隔离墙真有什么意义的话。好像这隔离墙能挡住这'棕黄黑'混色人潮似的。我们反正已有长长的隔离墙了,那是精心建造的,既结实又可靠。这一堵墙对那边不多的德国人、对这边越来越少的德国人有什么帮助吗?是让他们相互帮助,还是让他们相互对立?难道这堵墙不是让人在这儿或在那儿钻些洞洞的唯一原因吗?你们喊:一定要拆墙!你们是对的,孩子们。筑墙已经过时了。"

筑墙已经过时了,这是我们在旅游时亲眼所见。在北京近郊,我们登上了一段专为国内外游客开放的、可以供人登攀的长城。在那里我为乌特照了不少相:她站在下方,脑袋上是她永远不得安生的波罗的海头发,身后便是牢不可破的坚固长城(不过从修建之日便没有起多大作用),它们抄着捷径,毅然决然地在山脊上蜿蜒前行。全世界的中国人,中秋时节都会品尝月饼。在广州、香港和新加坡,我们也品尝到了同样的甜月饼。这种甜蜜的普及会受到长城或者其他边防设施的阻碍吗?闻天博士预见到一批批民众拥来时,也可能插上这个小细节:"亲爱的孩子们,不久的将来,在我们这儿,这种中国甜月饼也会成为普遍现象。不过,德国的酥粒蛋糕还会继续被喜爱,不会被遗忘。"

马尼拉,是个有一千万人口的城市。在它的港口区,我们也看到一堵墙。它建筑于七十年代末。当时罗马教皇保罗要来菲律宾看望独裁总统马科斯和那里的天主教教徒。于是,沿着这座城市的主马路,一道隔墙沿路修成,它将路边一大片贫民区——贫困居住地隔离开来——为了神圣教父的眼睛不会因看到亵渎神明的一幕而受辱没。不过这道隔墙,也没起什么作用。如果教皇看到了墙左墙右的贫困,他照样不会理解;或者他会在祷告里将这一切看作上帝的旨意。救济事业从来都是教父们的重要职能。

我们可以对这些围墙做一下比较。它们不过有不同的外表。中国的长城属中世纪式的,不惜代价,是作为千秋大业修建的。其他的,不论是想成为教皇眼障的马尼拉贫困区围墙,还是穿过柏林城筑起的、要将真正的社会主义圈起来的隔墙,还是在维尔斯特洼地上,在布罗克多夫核电站工地被用作隔墙的建筑板材,它们都不过是当代的临时产物。对这一现象在同哈姆和朵特的交谈中,闻天博士也可以在教育学意义上做一下总结,因为伊策霍卡尔大帝中学的学生的确很为他们的未来担忧。他们不希望太快太多地受到外来影响,不希望很快成为奥威尔笔下的欧亚人。(学生们脚跺地板,拳头敲在桌子上,叫道:"烦人!烦人!")

闻天会在棕榈树荫里说:"那好吧,亲爱的孩子们,你们坚决要闭关自守,我明白,我明白!对我来说,这也是个值得考虑的可能性。当然西德有西德的危机对策中心,东德也有东德的对策中心,还会有东西德国合作的危机对策研究所,以研究发达国家的封闭问题。如今东西德国的结合还处于吵吵闹闹状态,如果他们联手作为发达国家对付发展中国家民众的潮涌渗透,他们就要面对筑墙屡屡无效的现状,开发一种新型筑墙技术。我们拥有的知识总是多于目前可以应用的。我们有卫星监控系统、军事预警系统,也有原子核废物垃圾。我们的大脑能想出很多办法,孩子们,希望这些能有所帮助。可以设想的是,研制一种辐射光屏蔽,它的波段丰富,能从苏联中国西部边境开始,延伸到伊朗、阿拉伯,并一直延伸到非洲地中海海岸,还能环绕欧洲西南角的伊比利亚半岛,以至保护整个欧洲;如果不能达到这个目的,这个屏蔽还要向西延伸,与具同样原理,能屏障北大西洋的美国辐射光壁连接。事情就是这样简单。当然我们还可以将日本和韩国算到我们该保护的文化圈子里。辐射光壁上肯定也设有关卡通道,这里是正常的贸易通道,也能用于军事需要,比如,如果某国不再允许我们使用某种天然原料,那远征军的南下便不可避免。假设东西两德冲突持续缓和,那么直至今日发展出来的空中防御屏蔽,便会成为小儿科游戏。这个冲突为什么不会缓和呢?如果他们真的你争我斗起来,亲爱的孩子们,看仔细些,资本主义和共产主义不过是一双鞋子,将它们合起来用,能挑起更重的担子。完全的辐射屏障不该意味着隐居遁世。事实恰恰相反,我们要坚持对全世界的开放。要坚持对第三世界的援助项目,坚持对世界饥饿问题提供帮助,要保持我们的慈善无私,坚持我们的基督教马克思主义的福利乌托邦原则。谁敢不愿意!我们的经济体系不会不再向世界展现它的多国国际性。不会的,不会的!我们不能满足自己。尽管我们一方面想将自己屏障起来,另一方面我们却不能不旅游。孩子们,你们不能太宅,你们要成为世界公民。但我们不能接受过多异族影响。我们自己屋里的少数民族问题已够我们头痛。我们德国人不希望人口多得无边无际,我们愿意保持一定数量,能让人一目了然。我们不是印度人,不是近东农民,不是中国人,也不是白人与印第安人混血儿。我们这儿的土耳其人够多了!我们不混血。我们要隔离,要保持我们的局限性,要清纯地死绝。以前被称为铁幕的东西嘛,咳,咳,孩子们,我们知道。现在方向改变了。制造这样的恐慌,实在可笑。八十年代,让它来吧。"

"那将是奥威尔的世界!"哈姆很可能读过这本书,他可以这样为闻天的长篇大论加上结束语。如果闻天的这番话是在酒店阳台上发表的,时间可以安排在傍晚时分,这时全队成员都应该在场,大家可以手把着盛着新鲜橙汁的玻璃杯。他讲话结束后,会听到"真可怕!"或者"奥威尔写得真不错!"的评语。牧师寡妇会说:"不错,不错,我反正等不到那个时候了。"威廉港市的财政官员会讥讽道:"前景美好啊。"一位四十五六岁者会说:"说得好,说得好!"

闻天博士是亚洲专家。他能以数据说明爪哇好似一艘"过载的船"。对这里经历的荷兰殖民史,到最近期的海盗事件,他都了如指掌:"1906年12月,巴厘岛王室及其朝臣几百人被迫自杀。对此事件负责的是荷兰皇家将军凡·德·费尔德……"①闻天还对爪哇当前的腐败现状,对总统的家庭企业——特别是苏哈托夫人本人,以及他们同西德错综复杂的关系网,都了解得很详细,他知道"汉诺威那家'希望金属制造厂'中的某些股份……"

此外,闻天还是我们这个旅行团的忏悔神父。那两对四十五六的夫妇、那个财政官员、那个强健母亲和她瘦小女儿都去找闻天,向他诉说他们的苦恼,诉说他们对气候的不适应,诉说他们的不适和感到的恶心。闻天是位印度教大师、世界危机专家,还有可能涉嫌经营国际军火生意。哈姆和朵特也带着他们一脑袋问题去找他,现在旅游即将结束,时间越来越紧迫了。

眼下,这两位既保持着距离,又保持着伴侣式的相亲相爱、相互照料的关系。为自己洗三点式泳装时,她也会为他洗游泳裤。他则每天早上为她送上一杯插着吸管的新鲜椰汁。就算他们不能交谈,也还可以讨论一些尚存争议的事情。朵特在日记中无所不写,连她不只想要一个孩子的愿望也写了上去,但他们之间的关系危机却只字未提。俩人都认为并宣称:"我们秉性相投。"可自从朵特染上了"宗教癫狂",哈姆在床上便皱巴起来。"我不行!"他说,"你不明白吗?我又不是种牛!"朵特把这些都对闻天博士说了。

朵特说:"我得跟您打开天窗说亮话。处于我这种状态也不在

---

① 二十世纪初,荷兰人决定征服巴厘岛,当地土著抗争无效之后,选择大规模集体自杀,1906年登巴萨王室贵族几乎全部自杀于荷兰军队面前。

乎什么害羞不害羞了。这些天是排卵期,时机大好。我是说,如果行的话,最终应该能成!可是,可是,我必须,我不知道应该怎么……今天或者明天……"

闻天博士笑了。他能理解,任何人性的东西对他都不陌生。他说:"我也明说吧,父亲资格总归是个很随意的字眼。在苏门答腊,现今一些地方还像在德拉维达语系的印度南部一样,在那里,我们这么说吧,父亲不过是个临时角色。您那位固执的哈姆绝对是位和善丈夫,您一定也让他有那样的角色吗?"

接着闻天说出他"纯属念头"的想法:"亲爱的彼得斯太太,您看看四周。这些年轻的巴厘岛人多温和。他们的举止有多文雅。他们要求不高,只要高兴,只要有点钱够买汽油就很满足。再说他们是不坏的人种,属于马来半岛的巽他人。看得出来,您很爱读维吉·鲍姆的《生死巴厘岛》,这小说的确是部大师之作,写得细腻。女舞蹈家拉木朋虽是王公爱妻,却总要去找她的舞蹈大师拉卡……"对于导游的这番设想,朵特·彼得斯可能会误解或将之当作友好建议加以拒绝。

现在翻着那本借给朵特的小说,闻天可能会选出一两段来读,然后将书递给朵特。酒店前,几个年轻人正坐在他们的川崎摩托上等着接客,闻天对着他们向朵特示意道:"行动吧,亲爱的彼得斯太太。天快黑了,去远处的海滩走走。然后到南十字星座下……"

可是这种私密出行我不想要。我反对让朵特勾上一位俊小伙,和他一起向迅速暗下来的、很快便不见人影的海滩驶去,我反对他们驶向沙丘,驶到星空天帐之下产卵、射精。我不喜欢用三角恋爱制造出人意料。这个要孩子还是不要孩子的问题,这种游戏应该只由哈姆和朵特来玩。这片田地不需要授粉。再说了,影片中朵特也不适合来搞红杏出墙。

朵特向那几个小伙子迈了几步,很可能她以北方人的果决直接走到他们跟前,直接走到了众多温和的眼睛前,根据他们微笑的亲切程度,找到一个合意的,她让自己充满希望,这就是说:她坐上了摩托。说出一个海滩沙丘的方向后,摩托迅急驶开,只见朵特金发飞扬。接下来是一段长时间的固定镜头,然后拍出海滩全景。不过在他俩消失在黄昏中之前,影片倒行:后车轮在前,她的金发前扬,川崎车呼叫着倒着驶回酒店,开到剩下的小伙子们跟前。朵特如她上车时那样下车。亲切的笑脸可以重复出现。对那双温和的眼睛她给出告别的一瞥,然后卷起她的愿望,以她北方人的果决走开,然后又站到闻天博士旁边。

在对希冀的想象中,她在自己的原则边缘上玩了一把。这会儿她手里拿着那本小说,漫不经心地对她的导游说:"是啊,是啊,美丽的拉木朋对舞蹈大师拉卡何其钟情。她的身姿何其优美。两位跳起舞来会像两只蜻蜓。如果成了也挺美。没有什么道德考虑。只是我还有我的原则。其实挺傻。可是,能怎么办。您懂吗?"

闻天博士什么都懂。他说:"只是可惜了产卵期。"他又说,"明天我们得想着收拾行李了。请您注意,行李不要超重。"

我们的行李超重了,不过因为汉莎航空公司的宽容(飞机晚点了两小时），没交罚款。施隆多夫两口也和我们一起候机。他们已经去了雅加达、以色列的特拉维夫、开罗，在各处介绍了他的电影，现在他们也结束了旅行。我们又在一起喝咖啡。施隆多夫到旅游品商店找法老戒指，不过没找到合适的。乌特同以往一样，一下一下地织她的毛活儿。那是为我织的冬季围巾，土棕色，分了几个层次。玛格丽特表示，下次上路她也要带上这样的毛活儿。她还打听，围巾得织多长？从什么时候开始织的？

从上海到桂林的火车上，窗外是中国南方景色，一位年轻的中国德语老师，向我们介绍起"文化大革命"的发展及其后果。乌特就是从那儿开始织起围巾的。层层水稻梯田有时出现在列车左边，有时在右边。湿地农田一片又一片。传统的茅草屋一座接着一座，到处是弯腰劳作的勤劳的人们。土地都用上了。一切都靠人力。乌特就在那儿一下一下运作起她的国际通用毛线签子……

在广州过了中秋节后，我们乘上火车离开人民中国，驶向西方化的香港。这时候围巾有一个脚掌那么长。这辆旅游用列车装有空调，每个车厢头部安有一个资本主义电视，此情景得让人适应一阵。走来走去的红色列车员也会不时地看看里面的商业广告。不过乌特不受干扰，专心织她的围脖。接下来，不论在飞往新加坡的飞机上，在新加坡机场等飞往雅加达的候机室里，还是在飞往马尼拉的飞机上，只要在空间跨越时间之时，乌特都在织。可以看到：她手中的围脖在加长。从马尼拉到开罗，我们足足飞了十七个小时。机上全是要去麦加朝拜的菲律宾穆斯林。这段时间围脖一个劲儿地长，只是还没长到最终的长度。

我想起另外几次旅游,于是对施隆多夫讲了一次经历。那是一年前,我们就要在美国的安克拉治做中途降落。飞机开始缓慢向阿拉斯加大地倾斜,这时乌特的毛线团掉到地上,沿着客舱过道,向驾驶舱滚去。这是一件很不适宜的事情。这时一位空姐跑过去,冲着我们拾起线团。乌特赶快表示感谢。我则想起某些文学作品中的情景。空姐说,她的工作中有许多时间是在等候,她说她的手提包中倒是应该放些线团,毛线编织应该是他们职业培训中的一课。

因此我建议施隆多夫,让朵特·彼得斯,或者让那个扮演她的头发浅黄、身材高大的女演员,也在亚洲之行的路上织毛活儿,或者钩花。比如织些、钩些婴儿用品。哈姆会觉得冒傻气,或者认为操之过急,他会说:"等等再说吧。我觉得好像不吉利。要不就给我织点什么吧,织条冬天用的长围脖,土褐色的,分三个层次:赭色、棕色、暗棕色。"

这样,朵特腿上的什么线团或者毛线团也会在什么时候掉下来。这事最好发生在回程上。当他们中途要在卡拉奇降落的时候,毛线团忽然沿着机舱过道滚向驾驶舱,这时镜头要以空姐的视角对准线团,线团滚下的线越来越长,毛线团却越来越大。接着,朵特表示感谢。

虽说朵特·彼得斯在讨论教育问题、地方行政问题、能源问题时,头头是道,专业客观,她也自认为是训练有素的职业妇女,但这并不意味着她就不该织毛活儿或钩花了。她坚持她的女性特征,并且好几次在妇女集会上"表明她的立场"——她坚决拒绝"妇女解放被硬性曲解",她说:"我是一个女人。作为女人,我很爱织毛活儿。可如果因为要求男女完全平等,我一定也要让我先生来织毛活儿,也来钩个图案,那就太可笑了。我先生有收藏瘾,我没有。不过我对自己说,他想收藏就让他收藏去呗,只要他有时间,只要他有乐趣……"

俩人的行李为什么会超重。那里面不光有分量不太轻的贝壳、海螺,还有哈姆·彼得斯在海边或从熔岩石头地上找到或偷来的奇形异状的树根、怪诞坚硬的熔岩。他要将这些找到的样本拖回伊策霍。

"太多了,太重了,"朵特说,"太大的你不能要。"对此,哈姆说:"那你也不能带你喜欢的东西。"这话让朵特·彼得斯觉得受到"巨大伤害",随即以一耳光作为回应。哈姆·彼得斯挨了耳光连忙道歉:"对不起,真的对不起。"于是俩人有些泪眼婆娑。

俩人接着装行李。他们放进:送莫妮卡的蜡染布巾,给哈姆母亲的泰国丝绸。给朵特父亲,他们买了一柄马来西亚的蛇形弯剑。还放进了:一方头巾,给朵特母亲的沙拉餐具。忽然,猪肝肠又出现了。

猪肝肠还在保冷箱里。它的状态如何,目前已很难说清。我们还没解决它的问题,因为没找到哈姆的老伙计乌维·延森。因为我不想掺入军火走私的事。因为印度尼西亚警方对可疑肉肠做了抽样检查后,又把肉肠还给了他们。因为肉肠开口处被贴上了一块胶带。因为哈姆不肯接受朵特的建议,没把肉肠埋进沙丘了事。因为我一直还不知道该怎么处置它。所以它现在还在保冷箱里。也许他们还得带上它,一同飞回联邦德国;如同那个"要孩子还是不要孩子"的问题。没有解决的问题真的很多。

从开罗直飞慕尼黑的班机上,我和施隆多夫证实了候机时我们看到的一幕。当广播通知我们准备登机时,去接受护照检查的路上,我们看到一件雕塑作品。那是一个比真人大的母亲雕塑,模仿了亨利·摩尔①的雕塑风格。面对所有要离开这里的乘客,这个人口过盛的国家埃及似乎要借此展现寻常的生育喜悦和强盛的生育力。是的,我们知道他们的人口数。

---

① 亨利·摩尔(Henry Moore,1898—1986),英国雕塑家。

第 七 章

我们互相听着,又相互挑战似的问询。我没有做笔记,他却换了几个笔记本。像两个手艺人,我们各自藏在自己的作品后面。(他拍摄《铁皮鼓》时,我在他的日记中成了捣乱因子,现在我要利用他的不情愿。)

"你不能把我虚构一下吗?"他问。怎么虚构?虽说他总是东跑西颠,可又总是客观存在。这个客人带来一瓶冷榨橄榄油。就当他是虚构的,我应该叫他师傅吗?这位师傅带来一瓶冷榨橄榄油,他带着几个笔记本来看望没有笔记本的师傅?好啊,欢迎,欢迎!我一直在寻找不会开聪明玩笑的人。我们不需要赛跑。我们在细节中享受乐趣。我们的确各不相同。

施隆多夫说:"哈姆和朵特应该在他们伊策霍朋友处留下点什么,比如一只猫。""好啊,"我说,"下一次修改时我还想考虑:这两位在家里怎样照料家猫,旅游回来时会有什么感受……"

……眼下,这两位教师起飞前,我得想想我的教师情结问题。老师们都对我做了什么?我为什么还总会为得到什么成绩担心?德国的教育制度为什么让我心神不宁？我为什么要跟他们的教学目的、早期强化教育系统过不去？

《猫与鼠》中好像表现了我中学时的成长困境，这不过是个误解。我从来没反对老师。我的作品中少不了他们：施波伦豪尔小姐给奥斯卡上课①；《狗年月》中有个口含麦芽糖的布鲁尼斯老师；《局部麻醉》中的文理中学施达鲁石老师总牙疼；《蜗牛日记》中赫尔曼·奥特躲在地下室，可他仍是老师；此外《比目鱼》中也有教育学方面的内容。而这里是两位荷尔斯泰因地区的老师……

我所以不能不写教师，原因也许还在于，我的孩子们每天都要向我讲述学校的事情，还是一代又一代都经历过的厌倦，还是扰人的分数，还是时左时右令人迷惑的渴望，还是能使每丝清风变臭的不休争执！——而这里的朵特和哈姆，满怀着最好愿望……

他们的时间不多了，最后一天他们仅还有一顿餐。晚上他们将飞离巴厘岛，飞回德国。回程上还有一次中途停留。他们的行李已放在酒店大厅。朵特正坐在棕榈树的阴影里读什么。哈姆则在酒店花园酒吧处坐着，和他坐在一起的是强健母亲的瘦小女孩。花园中的走道清扫得很干净，通往海滩和酒吧的路扫得也很干净，不见杂草。闻天博士正对其他西西弗斯旅游团的成员左叮咛右嘱咐。大厅中行李成排，上面都挂着地址标签。门前照样有目光温和的巴厘岛

---

① 《铁皮鼓》中的情节。

男人,他们在川崎摩托旁等候客人。远处,巴厘岛女人手里捧着小碗走向供品台。朵特在读借来的书。圣树下女人们在献供品。同瘦小女孩一起,哈姆在喝第三杯金巴利。两对四十五六岁的夫妇写最后的明信片。闻天博士叮嘱大家,小费不要给得过多。酒店花园中爬着一只小瓢虫。巴厘岛的女人对游客视而不见。海滩沙丘的树木中有一棵是圣树。朵特从借来的书上抬起头,打量去献供品的当地妇女。一位老男人耙扫着小路。闻天一会儿去这儿,一会儿到那儿,穿着他起皱的亚麻长裤。铁笼里两只猴子跳来荡去。朵特加快了读速。哈姆挑逗瘦小女孩说话。不断有女人捧着小碗走过。闻天博士说:"我们还有不少时间。"或者他这么说,"我们旅游大巴十七点半才出发。"朵特捧着一个椰子在用吸管喝椰汁。先头荡绳的猴子现在在静听着什么。瘦小女孩得去趟房间取东西。路边是耙子和草味。酒杯旁的哈姆不见了。两对四十五六岁的夫妇互相帮着写明信片,贴邮票。棕榈树下光斑晃动。闻天在说着什么。小说封面上是捧着半个椰子的两只手。酒吧里的杯子差不多都收走了。铁笼里两只猴子还在。供品台上摆满了供品。两对夫妇和谐合作。现在没了耙草声音。现在闻天在对威廉港财政官员讲解世界局势。朵特在读书。最后一张邮票贴上了。闻天说:"那些俄国人。"棕榈树下突然吹过一丝小风。贴着标签的行李装上了大巴。眼神温和的人们有些骚动。朵特合上她的书。闻天拍拍手。铁笼里的猴子也拍手。旅游团成员聚到一起,哈姆和瘦小女孩也走来。大家给的小费都很合适。地上留下椰子壳和吸管。耙整过的小路上,走来朵特长长的大腿。

闻天博士保证，到了飞机场，他会找到投放明信片的地方。这时有人（镜头上一双棕腿跑了过来），是酒店服务员，送来某人（哈姆）落下的东西：封在塑料袋里的猪肝肠。临上车，朵特对着坐在川崎摩托上目光温和的小伙子们挥挥手。哈姆手提包里可以装下猪肝肠。朵特打算在车上，或者在飞机场大厅交行李时，再把那本小说还给闻天博士，尽管她"还没看完"。不过这位导游把这本书送给了她："亲爱的彼得斯太太，算一个小纪念品吧。我们都爱巴厘岛，不是吗？这个天堂会很快永远消失……"

就这样，每个镜头我都得（我并不想）写出来。还得给意外事件留些地方。不清楚的是，牧师寡妇在什么地方在合适的场合说了不合适的话。而且一点也不提快四十的两个女友间有点小不愉快。在飞机上，朵特是不是一直在看书，是不是没系安全带，我也不知道。不过在我们的教师夫妇起飞前，在他们与闻天博士和新到的一队西西弗斯旅游团告别前，我还要考虑一些问题，还要做一些推测和预测。只要这架新加坡航空公司的飞机一起飞，想做这些思考就太晚了。

我要考虑什么？我要考虑当前事件。当我从五十年代写入六十年代，对过去做详尽描写时，评论家们叫道：写得好！过去是应该了解的，应以一定的距离了解从前……

可我一旦由六十年代末写进七十年代，写我们的当前时代，比如写 1969 年的竞选，评论家们就叫道：哎哟嗬，什么呀！怎么能这样直接谈论当代呢。再说,政治性还这么明显。他这个样子我们不想要。我们不希望他做这种事。

七十年代末,当我(又一次详细地)将石器时代(和接下来的时代)同当代结合到一起时,评论家们叫道:盼望已久,终于等到了!他又回来了!显然他学乖了,要逃入过去去了。他这个样子我们更喜欢些。这是他欠我们的,也是他欠他自己的。

如果在八十年代就要开始之时,我又死死咬住当前时事不放——尽管施特劳斯不过是五十年代的残留物——可评论家们还会叫喊——他们已经这样叫喊过了:显而易见,他这是要拉选票,他不能不做这些。大脑产儿在这儿有什么意思!他给这世界带来不少孩子了。他根本没法儿参与讨论。他不会理解不要孩子的社会趋势。这是青年作家的话题。他最好还是只写他的过去,只写从前。

这些说得都不错。我们在学校时就学了:从前是过去,然后是现在,现在之后是将来。不过我更常用第四个时间概念,也就是"过现将"①时态。所以我不能再严格遵守传统形式。稿纸上的可能性还要多些,这里唯一主宰秩序的是混乱。甚至词汇的空缺处也是内容。没有系牢的绳子是没有系彻底的绳子。这里不必将所有问题说清。因而闻天的情况不再交代了。猪肝肠一直放在手提包里,也没给出什么特别的含意。我也省去了对哈姆和朵特的表情描写,他没有斜视,她门牙之间没有缝隙,我这样做是有目的的:施隆多夫会补上这些空缺,

---

① 过去、现在、将来的合写。

让两位演员给出表情,只是他的头发应是棕黄的,她的是浅黄的。

最理想的是,如果这两位演员在语言表达上不是地道的外行,而且能说流利的荷尔斯泰因方言。("几个点钟?"哈姆可以这样问朵特,朵特可以对他说:"勿要急躁嘛。")两位演员还应具备悲伤中也能保持诙谐的交谈能力。这两位教师偶尔表现的绝望会让我大笑。对那个留在丹帕沙飞机场的闻天,我不希望他阴阳怪气,或者像梅菲斯特那样令人看不透;他应该表现出无所不知的既蠢笨又狡猾的样子,就像怪物和魔鬼当引路人时一样。

还需补充说明的是:"要孩子,还是不要孩子"这个问题出现的频率应该有多高,他们考虑领养孩子之后是不是又放弃了。不论在伊策霍、孟买、曼谷、巴厘岛,只要哈姆和朵特对未来感到恐惧,或对更美好未来进行希冀,希望生活更舒适些,或者考虑是否应该承担家长责任的时候,这个要不要孩子的问题,便会一如既往地出现。往往是,他们刚刚又一次作出决定,不再在这个反正人口过剩的世界上用自己的身躯生孩子,旋即又出现了不满足,朵特说:"我们完全可以要。我是说,我们反正很关心社会。而且我们的经济条件……"

不过她的无私毕竟有限。在印度,围在他们周围乞讨的孩子,一边摸着朵特的裙边,一边将手伸到哈姆手边。哈姆对她说:"请吧,挑一个吧,候选人很多,还会越来越多,不过你只能挑一个,从五百个孩子里,从五千个,五百万个……"

在印度尼西亚时,忽然一阵热带大雨倾盆而下,他们和一群孩子躲在波形铁皮下躲雨,朵特说:"咱们要哪个?这个还是那个?这岂不是淘汰式挑选。这是人性倾斜。选出一个孩子,就意味着对别的孩子的放弃,就意味着让别的孩子自生自灭。"坐在带有顶棚的人力车里,两人还在嘀咕。哈姆历数领养孩子的后果:"孩子总是跟你很生。总会被别的孩子笑话。会遭别的孩子打。想想伊策霍那些得受义务教育的土耳其孩子吧……"

如果觉得领养孩子不可能,他们总又会考虑将哈姆母亲从哈德洼接来,让她住进他们宽敞的老式单元房。朵特说:"你母亲来我们这儿会不习惯的。""可如果我们有个孩子,也许就会习惯。"哈姆说。

结果还是不了了之。全是每日寻常的大脑产儿。"我看呢,"哈姆在人力车里说,"正常情况下,最好还是要我们自己的孩子。"朵特说:"要不,我们还是接你母亲来吧。"

飞机场上,哈姆・彼得斯同闻天博士告别时,他可能这样说:"谁知道呢,也许下次旅游时能成功。下次,到非洲中部旅游时,或在什么别的地方。我们会给您寄明信片。再见,大师。"

他们飞,飞,如同我们的飞。1979 年秋天我们飞回德国,哈姆和朵特则预计于 1980 年 8 月底飞回。回欧洲时我们是四个人,都拖着从亚洲带回的行李。我们德国的那些老问题(即使他们在巴厘岛,我们在中国时),都令我们不能忘怀。我的这对教师夫妇刚一到家,就参加到大选活动中:日程已经安排就绪。我们马上回到联邦德国的日常生活中,这里:生活空间的狭小,消费领域的广阔,根深蒂固的争论措辞激烈,恐惧得到了加温升级,表达意见时,要用方方面面都得照顾到的错误的虚拟式:"我会这样认为……我会这样看……"

因为哈姆和朵特是我的大脑产儿,我还可以给他们加上点故事。比如他们1979年11月26日星期一,在石勒苏益格举行了抗议布罗克多夫核电站的活动,现在我要对此做一下交代。他们从巴厘岛回到伊策霍时,这项抗议活动已经过去了九个月,他们现在应该知道了法律判决结果,知道了核电站会不会建造,还应该知道,判决什么时候生效(这个我还不知道)。

那是一个又湿又冷的一天。她,这个有大学学历的农民女儿,在学校请了假,她来了,如我预料。中午时分,我们进行了交谈。我们之间嘶嘶沙沙着各种可能性,不过它们总要被所谈事情、被抗议活动分散注意力。

这是第一个审理日,我持有棕色记者证,可以轻松进入法庭。朵特却很不容易得到了那张黄色入场券。观众席上拥挤吵闹,我俩亲眼看见了首席法官的无奈,他只能借助警察帮助先清空席位。接着让训练有素的警察,在走道、在楼梯处对观众进行单人或小组拍照,然后观众才能重新进入座位。用一个时髦的说法,这叫做收集信息。这样我和朵特都被编入了卡片。(照片上我们相视而笑,彼此显得很熟悉。)

朵特同我的观点一样,认为:作为原告(共有四个小镇起诉,还有二百五十个个体起诉),韦韦尔斯弗莱特镇镇长要比原告方律师表达得更准确、更激情。不错,我一言不发地倾听时,朵特喊了好几

115

次:"说得对!"

镇长萨克斯讲话结束时,朵特马上鼓掌,还喊道:"我们不允许毁掉维尔斯特洼地!"这时,首席法官警告她和其他抗议者:"为保证审理工作在适宜有效的形式下进行,我们有权利采取必要措施。"

代表石勒苏益格-荷尔斯泰因州和不同企业的律师,有六七个。他们否认小镇的申诉权利,他们令人厌烦地不断重复施工项目的方方面面,重复说所有大家忧虑的细节都已"审查核实",他们还一个劲儿地引用法院判决书中绦虫形回转往复的句式;不过原告律师又引用其他判决书中的句子,将这些句子压下去。听着他们错综复杂的长篇大论,我和朵特都表现出明显的不耐烦(我一声不吭,朵特现在的抱怨声也在变小)。我学到一个词:"少数人意见"。

我们只能忍受。对法院判决就是如此。不过我还是小声说了句:荒谬。当州政府律师经过多次"因果考证"后认为"该项目理论上存在的危害性,对这些镇的规划建设无关紧要"时,朵特又一次用毫无掩饰的高声叫道:"这难道叫民主吗?这是核能国!这是在走向核能国!"

对这种呼喊法官没有给出警告,显然他对此作了默许。更重要的是,他得让诉讼继续进行。眼下已经很清楚了:布罗克多夫核电站的项目会得到建造沸水反应堆的施工许可(这个反应堆需通过易北河河水来冷却)。几天后我和朵特得到了这个消息。我和朵特都不怀疑,这个判决具有同样目标明确的法律效力,这样朵特的呼喊"这是走向核能国!"便得到了证实。而且我们的电影开拍前,原计划的电影拍摄地——"布罗克多夫附近、易北河堤岸处围圈起来的整个大工地",还得有些改变。

不光是核电站经营者需要考虑抗议活动的进行和警察的出现,我和施隆多夫也要做这种考虑。当哈姆和朵特又在堤岸上争论"要不要孩子"时,那个曾经沉寂的、几近荒芜的建筑工地又轰轰隆隆响起来:载重车不断驶来。朵特和哈姆得在喧哗声中保持大脑清醒,同大脑里出现的原子能念头进行争斗时,他们是怎样无可奈何;要知道,自从宙斯神大脑中有活物降生,人类大脑便有了随时孕育的能力,因而那里总有什么在生成、成熟,在构思形象。一旦哈姆和朵特结束亚洲之行,他们又会回到原有的生活中:布罗克多夫核电站将被建造,我们那个要不要孩子的问题又一次流了产。

他们终于飞上一万一千米的高空,和黑夜一起飞行。接着在新加坡做了第一次停留,用了第一次餐,吃的是咖喱鸡和米饭。他们本打算睡觉,可朵特读起那本闻天送给她的小说,一直读到最后可怕的大屠杀。哈姆本想记下旅行见闻,比如对蝙蝠洞的观光,听印尼传统的甘美兰音乐,可他大脑已处于大选漩涡中,无法躲避,他思考起自己的报告内容:在野党的没有头绪;施特劳斯虽不是法西斯分子,可他为什么还是危险因子;如果布罗克多夫的沸水反应堆可以得到法庭第二个施工许可,应该有什么样的废物处理先决条件;还有令人忧心忡忡的全球蛋白质欠缺问题;他一方面要计算每年的饿死人数,另一方面还要计算黄豆价格的攀升,阐述其相互关系;芝加哥交易所黄豆价格的波动生死攸关。朵特在读书,哈姆在写笔记。

俩人都又疲倦又清醒。客舱前方屏幕上播放一部影片的时候,他要了第三瓶啤酒。放映电影是长途飞行中的服务项目,飞机票中已经包含了服务费。那应是一部西部片。朵特和哈姆都取下耳机,让影片无声播映。不过只要他们愿意,他们还是可以(不花钱地)观看他们想看的,看他们的愿望,看他们被拍成电影的双重生活,及各自故事的悲剧性进程。

这是一部不会为自己的情节感到羞惭、很有耐心的美国西部片,朵特将《生死巴厘岛》中的情景与它掺和到一起。哈姆则排除约翰·韦恩①的诱惑,想象自己卷入了帝汶岛上的游击战。朵特也将自己放置到由维吉·鲍姆小说改编的电影中。俩人都演主角。她穿着南亚长筒裙,他则一身戎装。两个形象闻天都喜欢,这里是巴厘王公宫殿,那边是军火走私的羊肠小路。他帮她和王公找到一个住处;他也知道,哈姆在哪儿可以找到他的老同学、好朋友乌维。这边是王宫后的几间小屋,那边是帝汶岛山上的一个岩洞。王公正要拥抱(正要进入高潮时),一枚荷兰重炮轰然炸响,镜头随即转入熊熊战火,哈姆将他的猪肝肠包装好——印度尼西亚政府军正在用烟火熏烧乌维的驻地,他跟在撤退的朋友身后,用射击为自己开辟道路;不过这位脚踩两只船的闻天,还会给朵特和哈姆新机会。燃烧着的巴厘岛普里王宫里,朵特(一个不忠的荷兰女人)在她幸福的寻精路

---

① 约翰·韦恩(John Wayne,1907—1979),美国演员。

上。哈姆终于找到将死去的朋友(他的猪肝肠被子弹击穿,却还奇迹般地保持着新鲜)。我们看到,西部片在时而显现,而朵特和哈姆脑袋里正上演着两个故事。我们看到荷兰步兵正在准备冲锋,看到印度尼西亚政府武装正在帝汶岛上对最后一批游击队队员进行围剿。看到感人的一幕:朵特找到伤势严重、生命垂危的王公。看到哈姆用遭子弹穿透的猪肝肠喂他生命垂危的朋友。面对死亡,王公奉献生命般地在朵特怀中倾泻自己。阴影中我们看到乌维的侧影,他脸上胡子拉碴,临终前一边嚼着猪肝肠,一边断断续续吐出"谢谢你,哈姆,谢谢"的话语。王公身边我们也听到了这个男人的低语:"荷兰要我们的命,我现在就给他们我的命……"他的旁边,是举着火把或打着手电的闻天。

朵特和哈姆疲惫地倚在各自座位上。俩人都泪眼婆娑。哈姆抽了抽鼻子。西部片以及他自己的插入镜头结束后,在卡拉奇他们做了第二次停留。飞越地中海的时候,他们几个小时的小觉又被早餐打断,早餐是糊状炒蛋。用过早餐,朵特织起毛活儿。哈姆接着打盹儿。我们看到,手提包里的猪肝肠在受罪。它真会泛出味儿吗?会在飞行中惹出什么故事吗?现在飞机就要在汉堡降落,朵特的毛线团该不该在这时掉下,沿着客舱走道向驾驶舱滚去?

这样拍片造价会很高。施隆多夫需拍摄朵特参与的殖民地战争场面,还得找许多群众演员在自然景色中拍摄失败惨重的游击战。此外,他得考虑将这些画面自然穿插到西部片中,再从西部片自然过渡到要拍的影片里,而且飞机上的这段影片不得超过十分钟。

其实这段片子的理想长度是五分钟。我的教师夫妇也该回家了。他们回来的情况应该同我们经过了长长旅行回来后的情况一样,(尽管我做了假设)他们没出现在十亿德国人中,而是又回到了联邦德国近六千万的消费大军里。

这个数字已经足够了,对我们、对这个世界都够了。它完全还可以缩小,可以少上几百万,这样可相应地省下许多第二辆私家车,省下许多混凝土跑道,省下许多千瓦小时,省下许多平步上升者和许多隐世者,而不会使人口缩水的国土变得贫困。因为如果我们不再是两个对立德国中的近八千万人口,而(按照中国规模)成了设想中的十亿德国人,那么德国人的生活需求也会增长,他们高速公路的长度、他们所需的冰箱、他们法案的混乱程度、他们一家一座洋楼的数量,还有他们德国与德国之间的争斗,以及各自的和平武装力量,都会增多增强十二倍。另外,德国人的合唱协会也会增加十二倍,联邦德国及民主德国的足球俱乐部会增加十二倍,啤酒、肉肠的消费,法律专家、主治医生、牧师、行政人员以及公务员的数量都会增加十二倍。同样的情况也会出现在两个德国正在建造、正在计划建造、正在(有时不受阻碍)运行的核电站上,在这个先进科技领域得到相应扩张的情况下,相应的核废物的积累增加,便也是不言而喻的。

我们这里一切都围着经济增长转。我们不知足。对我们来说没有知足的时候。我们总要超越。我们要改变写在纸上的东西。我们还有大量梦想,要做一切可以做的事。对我们来说,可以想象的就是可以做的。做个德国人就意味着,将不可能变为可能。有过这样的德国人吗——在他们认识到不可能的不可能性之后,将不可能性果真作为不可能接受?我们会说,这事我们能办到!我们会办到!而且这一切都会有十二倍之多!

根据推测,七亿五千万德国人同二亿五千万德国人的统一只不过是一个时间问题。我们的时间同其他资源一起在流失。这些资源储量已经不多了。

用蜗牛来做比喻,那是我的错。十年前或更早些时候,我说过:科技进步像只蜗牛。那是在喊:它行进得太慢!对我们来说速度太慢了!而现在我们应该看到,蜗牛已经加快脚步超过了我们。我们追不上它,我们落后了。蜗牛对我们来说走得太快了。谁要看到它还在我们身后挪步,可不要大意,它会再次超过我们的!

这是一幅画。不止一幅画。到汉堡-福特斯比尔机场了。在取行李大厅,朵特·彼得斯将手表调成了当地时间。哈姆·彼得斯说:"瞧,现在我们又纳入正轨了。"

第 八 章

　　易北河畔,从这块墓地可以看到东德那边。这里是丹嫩贝格城外的戈莱本镇。这是十二月里的一天,天气寒冷,阳光普照。这里的景色:外围是湿洼草地。小镇里,一座座古老的木格房让当地居民装饰得如玩具房一般。他的遗孀来了,还有不知所措的可爱的孩子们。来客轿车上有柏林、汉堡的车牌。他们来参加葬礼。

　　自从你死去,我明显老了。我的勇气,昨天还意气风发,如今帆已落下。现在,你的墓旁,我听见比邻墓地里公鸡的啼鸣,啼鸣盖过这边牧师的祷告,在向你道别。

　　你走了,我还活着,这实在令人难过,去说:他那时说得很对……也很难说出口。

　　你说得泛泛,因为目标隐藏在迷雾中。一旦我们能透过迷雾,我们会将你看得更清。

　　对于并不一定安全的处境,他笑着说:重又聚集的浓雾会取代明晰。这是理所当然的。

　　这样,我们对遮掩着自身的进步提出了要看透的要求。

公鸡刚啼鸣的时候,牧师开始准备葬礼,你说:进步势力已经预见到反进步势力的抗议。

你的抗议呢?

也在内。不过我的死不在他们的规划里。权贵们本来希望我工作的年头能长一些。比我活得更长的是:我。

这样说来我们必须变得强大,以使我们可以成为否定性迷雾,承载长长的诗篇,承载没有活得很长的作家。这事如此简单,看透却不容易。

围在你棺木周围,我们表情哀伤,而你说:公鸡正在那边笑。

在我的大脑产儿回家之前,在他们作为哈姆、朵特在大选中扯着嗓子叫喊之前,我要对作家尼科拉斯·伯恩表示一下深切悼念。我们结束亚洲之行回来还没有两个月,他便于 1979 年 12 月 7 日去世了,(据说)死于癌症。

当我们还在议会党团内部讨论路线和目标问题,还在将这个可行性作为那个可行性辩论的时候,他已经在讲《不为人知的一面》了,对恐惧感赤裸的利用令他感到可怕,他那"发现者的眼睛"能看到那远离事实的现实,他预感到赝品的存在,并要将之揭穿。

那就像在昨天,在前天。他在我跟前,我不用回忆,那是七十年代初在柏林的尼科拉斯·伯恩,我们面对面坐着。我:刚结束了《狗年月》结尾的写作;他:一位开始起步尚不自信的年轻男子。他是鲁尔人,具威斯特法伦人的特征,举手投足格外缓慢,好像存心要将任一个稍快动作(后来他备受这些快动作的折磨)有意控制一下、减缓一下似的。我们两位的角色是:成功作家和文学新人。我们谈论做作家的危险。我,可以说上身前弯;他,习惯了告诫式的。

他的形象很有特征,令人一目了然,是一种沉静的释放体。这是宁静的伯恩,稳重的伯恩。一个沉默的农民。偶尔的爆发和挑衅又引出对爆发的道歉和对挑衅的收回。如果他放任自流,打破一贯沉静,成为繁忙运作起来、时时会受触动、越来越危险的不安宁的伯恩时,他的形象便变得不确定起来,变得不再精确。这是一个有恐飞症的弹头,随时面临着一头栽下。

真是不可理喻。没有哪张图画可以与他匹配。凭什么要让他配画!1972年这位就已说出:"现实存在于交谈中。现实可以欺骗一切。"他会是个实实在在的形象,这不会不让人看出。即便在他的诗作——他的所有的"我"的诗里,他对我们、对自己都很陌生:

如果我现在完全空虚,

那是现实在报复。

对这两行诗,他好像怀有歉疚,后面又加上五行解释:

(我又一次让自己

远远走行

  在对无权威性的想象里

在那里,一个人的优势

不会是另一个的缺陷。)

这是他的乌托邦？是寻新欢者的大脑产儿？他想用愿望遮盖事实。他不愿说得更确切。这位友人总是一个姿态，自身却总在变化，他总在旁敲侧击用那些"不为人知的"现实做报告。只是外表上，在可触可见的近处，人们才能感到他很实际的秉性：每时每刻负责可靠。

我眼前还是柏林的那些年月。在弗里德瑙农贸市场上我见到他，他正带着两个孩子，身上挎着购物包。约了一个见面时间，很快在市政厅地下酒家我们一起喝起啤酒。我们的交谈好像进行在两个手艺人之间。

我还在"联盟角酒吧"里见到过他，那是个玩弹球机成风的地方。他被宣讲革命的人排除在外。他想说：等一下！可革命家却只会自顾自地宣讲。

眼前又和他一起通过边境检查。在东德弗里德里希站下火车后，我们要上出租驶向科本尼克家。我们随身都带着什么。(他带的稿纸上是一行行密密排列的诗句。)我们打算读自己的手稿。等待我们朗读的人同我们一样：不很自信，一意孤行，沉思在字句及其阴影中，坚定不移，固执前行。

不论在"联盟角"、在农贸市场，还是在午夜时分的出境大厅，我们的交谈断断续续，是朋友间的交谈，因为谁也不想过分接近而伤害对方的陌生。这种纯洁是他的前提条件。他不露柔情。他的爱体现在回避。话正说着就中止，然后离去。这令人不满意。这叫什么事！他还没得到足够开采。让他回来吧，来证明那个死亡不过是个赝品。

他还应该活着,还应该给出更多,给出他的全部;因为他最后的诗篇,还在有节制地、歉意地传达着痛苦。

在那儿的教堂里我说:"尼科拉斯·伯恩死了,我不知道什么是安慰。我们只能努力,同他一起继续生活。"离开那里时,棺柩上还响着公鸡啼鸣。

可是我们怎么能够做到,如果这件事、那件事高叫着超他而去?纷至沓来的大标题令人不悦:布罗克多夫起诉被驳回,油价在上涨,连教会也作出节能决议:我们每天只许耗油××千克……每天都能听到有关霍梅尼及其人质的新闻,卡特总统在听任威胁,裁军应该通过扩充军备受到制约,和平是同等的恐吓;因为屠杀事件不新鲜,越南早出现过屠杀越籍华人的事,因而柬埔寨的屠杀事件根本不见报端;还在进行中的,已经过时。就像十年前,"满怀希望迎接七十年代"的谈论,往往会压倒每天从比亚法拉①通过电视传来的死亡数据,应该同七十年代道别了,在除夕的那一刻,所发生的一切嘛,都成了一方面另一方面……

这个日子被你回绝了。我不肯接受。墓地蓝天下,伴着公鸡的啼鸣,尼科拉斯,我要带你走,带你走进奥威尔笔下的十年。我的大脑产物里不能省掉你。我要同你一起看哈姆和朵特8月底(我只相信我们之间很短时间内的未来)降落到汉堡-福特斯比尔机场,看他

---

① 尼日利亚东南部一个由分裂主义分子建立的短命国家。这个国家于1967年5月30日成立,1970年1月15日灭亡。

们取上行李,乘出租驶往阿托纳火车站,在车上他们会看到一个个以国家安全为主题的竞选招牌,他们会马上卷入大选,他们不会像你说"完了,不行了,了结了,死了"的话,不待他们停下脚,就会去高喊"我们不答应",他们还要在核电站两个工期之间行动,要为工资与货品价格的紧张关系呼吁,他们感到现实的制约,每日情绪低沉,每每又会受到希望的诱惑,让他们对原则进行预测。

你知道滚石头这件事。同你告别时,罗沃特先生——你的老出版商将你同加缪作了比较。("我走了,把西西弗斯留在山脚。他的使命人们永远都能找到。")这是怎样的英雄!正是如此,我以为哈姆、朵特也是英雄。尽管他们的石头并不很重,然而这上山下山的滚动方式,即便在平地上也属荒谬。我要把他们介绍给你。你会喜欢朵特,她的"反正"句——"反正我们可以干成这事!"会得到你的理解。哈姆呢,他除了读统计数据和信息资料就只读侦探小说,这个好伙计,你也会同他混熟。

他们的旅行已告结束。从亚洲归来时,他俩如你当年去黎巴嫩的情况一样,什么都看到了,什么也都没看到,亚洲的一切让他们全懂了又全没懂。只是他们不会写作。他们是被写作的:他们怎样成了公务员而不再年轻;十年前他们有怎样的(抗议)经历,从那时起(他们曾怎样积极抗争),什么事他们不再经历了;还有,他们那个"要孩子不要孩子"的问题有了什么新进展;从亚洲回来时,他们除了小纪念品,还带回了什么;还有,除了以前就知道的,他们还新了解到什么;为什么没有激情他们也可以和睦相处,他们怎样将爱情变成了实用的伴侣关系,他们因此并非独一无二,而是可以调换的;还有,乘坐出租驶往阿托纳的路上,他们该说什么。

"瞧瞧,"哈姆·彼得斯说,"跟我想的一样。到处是竞选招牌。有舵手施密特的,也有国家首脑施特劳斯的。一方的国家安全论对付另一方的国家安全论。"

"什么都不能打保票!"朵特说,"什么都可以变化。他们不过做样子罢了。不过绿党不一样,你看,那儿!那边是勤奋的绿党!"

"可是,"哈姆说,"他们会把施特劳斯带进来,把他夹到他们和我们中间。"

出租司机说:"您出门旅行了?走得挺远吧?"

"去亚洲了。"哈姆说。"去了印度。"朵特说。

"我在电视里看到过,"出租司机说,"看到那儿的人过的日子,就知道咱们这儿的日子真不错了。"

电影里哈姆和朵特应该做出怎样的回复?他们该赞同联邦总理施密特,还是该做一番"一方面另一方面"的论述?或者他们只该一声不吭交钱了事,然后乘火车驶往伊策霍,然后在从皮内贝格穿过凯坡洼地、维尔斯特洼地到格吕克施达特的一路上,又开始要不要绿党的永无终止的争论,就像他们从孟买经曼谷到达巴厘岛的一路上,始终在争论"要孩子不要孩子"的问题?(现在他可是"又打算做父亲了",她却又要"理所当然地"吞避孕药了。)

一下火车,走出伊策霍火车站,看到无处不在的大选广告,他们会做何等感受?这里哈姆可以大发神经,从手提包里抽出猪肝肠来投掷(他想将肉肠扔到带施特劳斯头像的招牌上,不料却落到了旁边的施密特头像上。):"弗兰茨·约瑟夫①,这是给你的!——哦,对不起,赫尔穆特②……"

或者我让他俩(带着肉肠)直接回家,然后在家清空行李箱。她取出她的印度小人像,他则取出他在巴厘岛上捡的贝壳和石头块。

或者他们去乌维姐姐家去接他们的家猫。他们的灰猫有四只白爪子,完全可以起名叫迪克斯。当听说他们的猫已经下了小猫时,朵特热泪盈眶。

"下了五只,"乌维的姐姐莫尼卡说,"三天前下的,还没睁眼呢。来看看呀,好可爱!"此时朵特泪眼模糊,她不想再保持理性。

或者通过镜头硬接方式,让这对夫妇直接出现在学校里(假期本来已经结束了),学生们马上向他们提出各式各样的问题:"在雅加达花多少钱能买日本摩托车?""彼得斯太太,您怀孕了吗?"

或者我应该给出一连串速写镜头:高速列车驶向伊策霍,维尔斯特洼地平坦广阔,猪肝肠裂开,母猫和五个猫崽儿,中学生突兀的问话……然后他们置身到大选活动。我让他们去不同宾馆,在不同小镇发表讲话,就像我要讲的:该做就该做去,就算一切都不顺利。相对来说,也许不是最坏的。至少还有什么。就算紧张局势不会缓和。所以总需要制约。这样不行。对施特劳斯可以。这事其实绿党该做。仅此而已。不然会。危机就要来临。施密特经常如此。就算我

---

① 指弗兰茨·约瑟夫·施特劳斯。
② 指赫尔穆特·施密特。

们把腰带系得更紧。装死没用!

尼科拉斯,你不在了。给我们留下了你的诗篇《被清除》。牧师做祷告前,公鸡啼鸣前,我为大家高声朗读了这样的诗句:"……生活中的边缘人物,逝去者。在社会救济的饭钵边……"这总是正确的。这里总会让人想起格利菲乌斯①十四行诗中的诗句:"我们就这样被驱逐,像一阵风一样。"格利菲乌斯和伯恩都用长寿的文字预见世界末日的到来。

格利菲乌斯的末日没有到来。人们还得活出乐趣,尽管生活杀气腾腾。伯恩的末日也不会到来,尼科拉斯,这点你知道。我们在肃杀中活着,继续保持心情愉快。我们要适应自己,保护自己,调整自己,保全自己。我们将会隐退,去传宗接代。最后(在影片结束后)朵特和哈姆也会传宗接代。

我不会退下阵。背地里(看上去只是别的什么地方)我又会回到陈规中去。我的逃跑用鞋已经用旧。常常地,我还得从过去了的百年里开始起跑,以便跑入现代。从前有个……现在有个……将来又会有个……对八十年代我很好奇:我是它什么都要参与的同时代的人。嘿,我已经有些胆战。我英雄般地梦想着。我嘴里念念有词地向上推石头,石头则永远要跌回山脚。我带我一起上路。从北京一回来,我就用德文的主句、从句写下了初稿、二稿、定稿。我要考虑

---

① 格利菲乌斯(Andreas Gryphius, 1616—1664),德国诗人。

到有些听众会半路开小差。我不会搞清除。我的勤奋不会使你们的增长更肥。如果我对德国人讲述富有(像我在中国尝试的),讲述德国文学,将之称作我们创造的奇迹,我虽可以——在同其他的已破碎的奇迹比较之下——证实其存在,可德国人自己却不知道这些,或者他们不愿意知道。

德国人不是傲慢得要死,就是自卑得可笑。所有的发展都不会不给他们带来损害。他们可以在砧板上把什么都劈开。不论是肉体还是心灵,是实践还是理论,是内容还是形式,精神还是权力,它们都是小木块,都会被层层区分开来。对生与死他们也有精心安排:他们很愿意(或者遗憾地)排斥活着的作家,对死去的他们则会勤勉地编织花环,哀悼不已。只要资金足够,他们会做护卫纪念碑的后人。

可是我们这些作家不会说死就死。我们就是老鼠和绿头苍蝇,专在统一决策上啃食,专在白衬衫上落下斑迹。如果你们星期天下午找德国来读(即便通过拼图游戏),你们能读到所有作家,能读到死去的海涅,活着的比尔曼,读到在东德的克丽丝塔·沃尔夫,在西德的海因里希·伯尔,读到洛高和莱辛,读到库纳特和瓦尔泽;你们会在托马斯·曼旁边放上歌德,在海因里希·曼旁边放上席勒,还会让毕希纳①进鲍岑监狱,让格拉伯②进施达姆海姆监狱;如果你们读到萨拉·基施,也会读到贝蒂纳;你们还会在吕姆科夫那儿了解到克洛卜施托克,在约翰森那儿了解路德,在死去的伯恩那里了解格利菲

---

① 毕希纳(Georg Büchner, 1813—1837),德国作家,著有《丹东之死》。
② 格拉伯(Christian Dietrich Grabbe,1801—1836),德国作家。

乌斯的尘世苦海,在让·保尔处了解我的田园文字。所有我知道的,一个都不能落下。从赫尔德①到黑贝尔②,从特拉克尔③到施托姆④。对边界置之不理。只希望德语没有边界。我们应拥有另一种富有。应发扬我们共同的优势。再好的(包括铁丝网那边的)我们没有。两个愁苦地分离开的德国上方,撑着一个共同的文学(以及作为它们底衬的历史、神话、罪过及其他灾难的)天空。让这两个德国相互对立地生存吧——别的这两个也做不了,只是为了不使我们蠢笨地继续在雨中挨淋,这两个国家一定得有这块共同的天棚,这便是我们不可分割的文化。

两个德国各持自己的原则,它们只会分庭抗礼。它们不愿意像奥地利那样聪明⑤。他们一定要将他们的贝多芬同我们长眠在维也纳的贝多芬划清界限。不管是他们的,还是我们的,两边天天要将荷尔德林开除国籍。

我要在选战中说:远离施特劳斯,但对施密特要有所挑战,这样,这位当权者才能有所听闻,这样他才能做一些我们希望他接下来做的事。比如,建立民族基金会。1972年,勃兰特已经在他政府报告中做了成立这个基金会的预告。可在各州间引起争论,到最后变得不了了之,成了国家财政里的一件棘手事。对在野党来说,这个基金

---

① 赫尔德(Johann Gottfvied Herder,1744—1803),德国思想家。
② 黑贝尔(Johann Peter Hebel,1760—1826),德国作家。
③ 特拉克尔(Georg Trakl,1887—1914),奥地利诗人。
④ 施托姆(Theodor Storm,1817—1888),德国作家。
⑤ 指使用德语的奥地利尊重德语文化。

会的所在地很重要；对政府来说，所在地并不重要，财政问题总是首要问题，还有工资协议问题，追捕极端分子问题。如果艺术家和他们的协会有什么要求，得到的不过是些差旅费。无知程度在升级。这种无能为力状态将被带入下一个十年。

现在我知道了，在这个项目面前联邦德国怎样束手无策——如民主德国难以独自承担的情况一样。这两个德国已经签署了共同的兽医协议，也制定了统一的公路收费标准，他们做得艰难万分，每每又要按照高斯定律受到世界政治灾难的愚弄。可只有这样携起手来，两个德国才能建立起一个德意志文化的民族基金会，才能最终了解我们自身，才能知道世界之于我们是另外的样子，而不再那么可怕。

这个民族基金会里会有许多空间。这样一来，两个国家都争抢的普鲁士文化会找到它的地盘。我们也可以在那儿了解到散落在东部各州的文化遗产，了解我们所以失落的原因；那里还会为当代艺术提供展现它们矛盾的空间；在那里，来自不同地区丰富多彩的德意志财富，会楷模般汇总到一起；这样两个德国以及他们各自的州市，不会再因各自持有的财富而相互嫉妒，不会再有文化上的贫困。它不该是个庞大的博物馆，而是面向每个德国人的场所，在这里每个人都可以找到他们的根，可以提出各种问题。它不该是放棺木的纪念堂，而是可以走动的公共场所，按我的想象它应该有两个入口，多个出口，具有德国特色。那它应该在那儿？——机灵鬼们会问。按我的想法，它可以在东西德之间的无人地带，就在波茨坦广场。在那里，这个民族基金会会消除所有文化间的对立，还会铲掉那堵墙，那堵独一无二的墙。

这怎么行！我听见有人在叫。他们也像我们一样想保持自身。东边肯定不会同意。如果同意，会付出怎样的代价。什么，要同他们进行平等对话？他们实在太小，又没有真正的民主。难道我们应该认可他们，承认他们是可以行使主权的国家？为此我们能得到什么？一个民族——一个文化民族，可是两个国家，这实在可笑。有了它又有什么用？

我知道，这不过是个白日梦，一个大脑产儿罢了。我明白，我生活在一个生产文化的野蛮中。各种数字可悲地显示着，两个德国在战后损失的文化财富比他们在战争期间遭到的破坏要多得多。不管这儿还是那儿，必要时文化事业都会得到资助。那边担心的是艺术的我行我素，而我们这里，"艺术保留权"却能给我们戴上傻帽标志。12月4日，联邦总理施密特在柏林社民党党代会上做了两个小时的报告，他的报告思虑周密，给我留下的印象很深刻。他的讲话一向面面俱到，可这个讲话中，文化只不过作为欧洲中心和工业区的一部分被列举出来。尽管埃里希·昂纳克①在他讲话中竭力将发展文化作为工作目标，可每每又会让人担心，他会同那些文化人和他们的过时计划打成一片。

为什么我还要在这儿（在接下来的大选中）说这些不痛不痒的

---

① 埃里希·昂纳克（Erich Honecker, 1912—1994），当时东德领导人。

话,不是已经有人对两德问题、对德国文化问题嘴巴大张,做出许愿了吗?我想这是因为我知道得更全面些,因为我们的文学传统造就了这种固执,因为这一切应该表达出来,因为伯恩死了,因为我为自己羞愧,因为我们的匮乏并不是在物质上、在社会形式上,而是在精神上;因为我这两位身为公务员的文理中学教师,呆傻地只知道他们的学科知识,只会让事实、表格、摘要和信息左右他们的思维;他们大脑里装满了资料卡片,他们被埋在资料堆里难以自拔,不过他们的全部资料不是应有尽有,便是什么都没有。"我们必须,我们应该,嗨,这应该能做到啊。"每当他们爬上布罗克多夫易北河堤岸举目远眺,他们马上就有种要拯救世界的感觉。对每个字谜他们都能找到答案,却无法了解(生活在不完整德国中的)他们自己。

这期间有了哪些变化?只是家猫下崽了?现在他们已从亚洲回来,他在半满的地方宾馆大厅做报告,她则对妇女听众们讲话。他们都不会参与"极端"。绿党除了说"这样不行,谢谢"外,并没有别的主张。为此哈姆和朵特(她有些犹豫)会对绿党"强硬提问":如何通过更新军备达到裁军,如何改善养老金制度,如何保障就业,如何保障国家安全。因得到的回答总像软膏一样,他们的简短报告便变得越来越长。

哈姆在维尔斯特说:"我们的目标当然还是要保证全体人员就业。可是对于八十年代,如果没有第三世界的参与,我们不能保障能源需求。"

在格吕克施达特,朵特对家庭妇女们说:"自由的市场经济始终是我们民主制度的基础。不过每天消费时,我们也不能不考虑印度尼西亚的稻米亏空。"

两位从亚洲回来的老师讲得正热乎,哈姆正在引用勃兰特"新世界经济秩序"的讲话,朵特在枚举"罗马俱乐部"出具的糟糕数字,闻天博士也吐沫星子四溅,开始做起方方面面都周全保险的讲话。闻天博士就是那个被认作"特别奇特的"导游和奇妙导师。

于是刚才还在呼唤理智的朵特,开始声言"印度宿命论的不可改变";哈姆刚刚还在工人居住区莱格多夫喊出"恐惧是个坏顾问"的竞选口号,又对聚到一起的可观听众——他们都是生产建筑胶泥浆的工人,传播起担忧:"在接下来的八十年代,亚洲的人口压力会逐步向欧洲转移。不错,我们欧洲将被淹没。我能看到他们正成千上万无声地渗透过来,不错,他们也会到这儿来,到我们伊策霍这儿来,出现在我们中间……"

这时镜头中会出现人头攒动的场面。就在哈姆讲他的吓人理论,朵特将世界蛋白质缺乏问题逐步提高到令人震惊程度之际,施隆多夫导演会招呼群众演员到维尔斯特地方宾馆大厅和格吕克施达特的妇女集会会场去,那里已经聚集了许多印度人、马来西亚人、巴基斯坦人和中国人,他们是亚洲的过剩人口。最后哈姆和朵特的讲话得到了听众中占多数的外国人的鼓掌欢迎,剩下的少数德国人胆怯地消失在那些兴致勃勃的人群中……

这些镜头在我眼前快速闪过。接着两位报告人一字一句、生动形象地讲起他们担忧的移民潮问题,"他们会一个一个、一家一家地前来",最后宾馆大厅对这些新欧洲人会显得太小太挤,他们"勤劳能干,本分又善于学习……"宾馆里最后只有一个男招待和两位女服务员还像是德国人。

这时闻天博士出现了,他在另一个竞选大会上作报告。他用不同语言:印度语、泰米尔语、印度尼西亚语,甚至汉语讲述他的世界新秩序:"世界各大洲会混合到一起。东南和西北会统一到一起。不错,我们会看到,甚至欧洲也会愉快地汇入亚洲……"

有人向他投去鲜花。夸夸其谈者的桌上,香烛烟云缭绕,一支加美兰乐队在旁边伴奏。闻天的语调十分和谐:"这样,德国民族会壮大,会变得年轻。作为一个多民族国家我们将……"

一个硬转镜头后,朵特回到现实。她向那些显然营养丰盛的伊策霍家庭妇女承认,经过长期思想斗争,她决定支持(当然是有所保留地支持)大联合政府,而不支持绿党。她说:"我的女士们,那位粗鲁的拜恩人是不能要的!"在莱格多夫,哈姆对胶泥浆工厂的工人这样结束他的报告:"八十年代会出现的经济危机不允许我们去冒这个险,这个险就是让施特劳斯或者阿尔布雷希特当选。"朵特和哈姆的报告都得到大家赞同的掌声。会后家庭妇女喝上咖啡,工人们举起啤酒杯。在场的只有服务生像是外国人。

哈姆累了。俩人回到家很可能会说:"民主可真是累死人的事!"朵特摆弄起她从印度尼西亚带回来的小摆饰,哈姆则站在他的贝壳前。渐渐地，他们从报告会中解脱出来。现在他们才做出那个决定，其实这个决定，如果在一周前他们刚从亚洲回来时做出会更好些。可当时，朵特想让他们的白爪灰猫享受享受它做母亲的幸福。

灰猫下了五只猫仔，只有一只送了他人。只是四只猫仔还是太多了。得到那只猫的是乌维的姐姐莫妮卡。因为哈姆对她做了保证："你弟弟在巴厘岛生活得很不错，吃上猪肝肠他别提多高兴了……"这使莫妮卡动了恻隐之心，她对老公埃里希说："咱们又没孩子，这么个小猫能给咱们家里带来点生气。"埃里希本来反对养猫，结果让她说服了。

剩下的事由哈姆处理。他在老式单元房的浴室里悄悄干了这事。能听到的只是流水声。然后他手里提个塑料袋走出来，到厨房把它裹进一个垃圾袋，很有可能的是，那块还在的猪肝肠也一起裹了进去。接着他叫道："这东西明天就被收走了。"

朵特坐在起居室，一滴泪也没有。她身着印度尼西亚长筒裙，将一张印度音乐唱片放到唱机上。白爪灰猫喵了一声，然后款款穿过房间。朵特说："哈姆，我害怕，怕我们自己，什么都怕。"

借着在斯图加特和洛尔做读书报告的机会，见缝插针，我在一个名叫"马克特海登费尔德"的法兰克小镇，给施隆多夫导演读了我《大脑产儿》的初稿。那是在美因茨河畔的一家小饭馆，我们面对面坐着，桌上有法兰克葡萄酒。声音半高的朗读声惊动了一些在座的客人，不过他们都耐心地容忍了我们。这个小镇我十年前来过，当时

是为了参加竞选活动,我那时的报告题目是:《蜗牛即进步!》

我对他说结尾还没写好,有些地方还需要解释补充,比如:"西西弗斯旅行社的项目介绍上,还应加上适当的金句……"(后来我选的一句是:"这位荒谬者迎难而上,他的艰辛将无休无止。")施隆多夫给我看了一些彩色照片,是一些爪哇街道和孩子。一切假得好像都是真景,照片质量就是这么好。

天啊!我们怎能破坏彩色电影的美学?彩色电影给人以色彩光亮,让人一目了然,让人愿意接受。可是世界上还有恐惧。我们的恐惧,朵特的恐惧,哈姆的恐惧。这些恐惧没有色彩,是灰暗的。我们接受了色彩,也就接受了这个电影工业产品,让它将我们引入光彩的欺瞒中。(那一天的前一天我得到了伯恩逝世的消息。)

这么说应该拒绝这个工业产品,应该对令人惊叹的发明说不。应该对人类科技发展——在它的发展过程中所有可做的都能被做成——自觉自愿地抵制。要让所有可做的接受"是否必要"的检验。人类不必让所有大脑能想出的东西变为事实。所有的,甚至我的大脑产儿都是荒谬的。因此西西弗斯不接受可通达山顶的运输机。他笑道,他滚石头的速度不该得到加速。

这不可能吗?我们已经离不开我们的大脑产儿了,它们早就走上了独立发展的道路。这一切都始于宙斯:大脑产儿不需要产卵、射精。电脑已经在说:我们是第三代产品了。快速增殖反应堆很难清除掉。新的军事预警系统已使新火箭未老先衰,而最新火箭又使新的军事预警系统失效。我对遗传学一无所知，可遗传学却了解我。我不知道什么是微处理器，微处理器对我的无知也一无所知。我对资料存储的抗议得到了存储。我总被想到。自从人类头部生出大脑（因为这是可行的），大脑的生长便摆脱了头的控制，这个自由自在、马上就该成年的大脑会让人类头部停止工作（因为这是可行的），让它安静下来。

不过，它还在思考，还父亲般骄傲地（并有些母亲般担忧地）跟着它的产儿们在八十年代试验场上跳跃。它的产儿们学得多快！父母对它们还不熟悉时，它们就能无所顾忌地说出"自我实现"。只是当它们不再需要父母时，它们又能怎样迅速地实现自我，其速度和无情性远远超过了哈姆和朵特。要知道，这两位十年前在基尔上大学时，就在各种集会和传单上大谈自我实现的权利了。

在马克特海登费尔德我对施隆多夫说："'工作，顺从。我们是一个个小齿轮，在自己设计的驱动系统中运转……'这段话也可以让闻天博士说。"对此哈姆和朵特会说不能接受，就像他们本来想要孩子，却一定说不能要一样。两人都想为进步找出新概念。因为按照习惯他们是要进步的，反之会造成误解。该怎样保持停滞状态，他们没有做过练习。哈姆说："慢慢地我也感到恐惧了。我们只知道向前走，却不知道走在谁的后面。"

他们站在布罗克多夫的易北河河岸。原告虽对施工项目进行了起诉，石勒苏益格法庭仍批准了第一期施工许可。施工已经开始。他们在看一个要自我实现的庞大的"要"的壮大。这是对科技进步的"要",这是一再改进自身的"要",是对八十年代的"要"。也是对"老大哥"的"要"——尽管奥威尔对他给予否定,但他不能被取缔,而且他也并不特别令人讨厌。

伯恩,尼科拉斯,你已经死去多久了!离开你的日子又迅速消失了多少。我刚刚在打字机上放上一张白纸,我要记下它们——这些大脑产儿。

第 九 章

乌特持针的姿势令中国妇女吃惊不已。中国妇女一般较羞涩，可见到乌特织毛活儿，却一定要走到近前，把中欧织毛活儿的方式看个究竟。(要是什么时候成立了世界妇女编织协会，那定是一个庞大的组织，男人们只有瞪眼瞧的份。)从上海到桂林的火车上，乌特开始织起土棕色的围脖。接着在我们长长的亚洲之路上，围脖开始一点点变长。回德国后，她的工作常常中断，到圣诞节时才全部织完。乌特守着她毛活儿的时候，我的思绪却在当代事务上乱如垃圾，没了头绪。由于思绪不绝，直至现在它还是一团乱麻。

新闻中不断传来这样那样的小灾难，好像七十年代在它结束之前，还想赶快清算账目。三十九岁的鲁迪·杜茨克癫痫病发作，淹死在澡盆里。早先留下的旧账这么晚才算清。这死亡是十年前谋杀的后果。那谋杀曾为轰动一时的重大新闻。当时就有人预测到了这个不长不短的中期结果。从当年的电视片还能看到，他演讲起来怎样滔滔不绝。

我为什么悲伤？这是一位典型的德国革命家。他怎么受着愿望的驱使。他的理想在他脑中曾怎样一如六驾马车奔腾驰骋。他的思想如何破落成廉价的口袋书。他如何成了可爱的鲁迪：沉静，友好，需要照料。后来鲁迪成了绿党成员。绿党让他宣讲，但要避开一切矛盾。

如果说马克思的陈述中会有梅兰希顿①的影子，那杜茨克的陈述则是雄辩的新教和理想社会主义的混合体。鲁迪利用这个混合体，将他的观念改写成了多层意义。现今的鲁道夫·巴罗②又在极力让当今政治保持绿色救世主的姿态，让信仰不会因为现实受到迷惑。两个德国分别继承了文化传统，这些传统不知道边界在何处，也不知道还存在致死的边界，这样，两个德国都相向种下众多感叹号③的森林，用分号作为德国思考符号的传统④也都得到了保留。

对我来说，有一段时间，鲁迪·杜茨克显然是个思路不清的对手，好像他受到了什么煽动。七十年代末，同他及他盟友进行斗争并不是没有危险。到头来左派及右派间的相互仇恨还是促使他们联合起来反对中间派。后来，杜茨克自己也得抵制自己的追随者。许多人——只是他没有——将他那"向所有陈腐机构进攻"的口号做了改写，最终当上了公务员。

哈姆和朵特在柏林参加大游行的时候，对杜茨克已经有所了解，

---

① 梅兰希顿（Philip Melanchthon，1479—1560），德国宗教改革家。
② 鲁道夫·巴罗（Rudolf Bahro，1935—1997），德国政治家、哲学家。
③ 喻指边界上的警戒牌。
④ 指德文严格的书写规范。

大学期间他们还追随了他两个学期。我很想知道,对他的死,他们会有什么感受。当得到这个终极消息时,我随着时间的流逝已经在变老,他们虽不情愿也不再年轻。他们受到触动了没有?他们会不会让自己受触动?他会说"真不好"吗?她会说"怎么在澡盆里?这一点都不适合他"?有没有这样的可能:他们刚从亚洲回来时,鲁迪·杜茨克已经死了八个月了,可在他们伊策霍的单元房里,在哈姆的书桌上,还放着那张有他照片的报纸(上面还有个手写的死亡日期)。杜茨克身后留下一个怀孕的妻子和两个孩子,朵特会为他们伤心哭泣吗?或者,如现代社会一样,他们俩对那一切,对他们当年学生运动的理想和英雄般的领导人,都能客观冷静地对待了?

哈姆也许会说:"从政治方面看,这个鲁迪,其实在他遭枪击前就已经死了。他完全变了一个人,特别是在那次《资本》杂志采访之后,他的发言权就转到了他人手里。"朵特也会说:"他可以是很迷人,很富吸引力的。可是,过后读他当年的讲话,他说得并不透彻。实话说,他说得很难让人理解,我当时的热情也很难让人理解,当他说……"

他们同他是保持距离的,至少他们这样声称。我不相信他们。搞运动的时候他们很容易跟着他说"性格面具以及……",那时他们肯定没想说保持距离。他们说的时候,不论是支持还是反对,都应该有所保留。再说,在基尔,一切肯定会是另外的情况,在基尔要更有纪律性。

哈姆和朵特也许不会承认,随着杜茨克的死亡,他们也有什么东西已随之死去,比如特定的神经,他们内容丰富的构想;正如他们自己所说,"从那时起"他们对世界范围的不公平变得"敏感起来",只是对近前事物的敏感度还弱些。

在孟买或者在巴厘岛旅馆的棕榈树下,他们也可以对他的死发表看法。这样的谈话总是不很轻松,往往会陷入沉默。比如在曼谷空堤贫民区过夜时,朵特可以对哈姆说:"说实话,对杜茨克的死,我的反应要比新闻里介绍的冷漠。可是这儿的情况,我指的是这个世界区域,是第三世界,这儿的情况如此糟糕,我们得承认,是杜茨克使我们变得这样敏感的。"

哈姆马上对朵特的话表示赞同:"不错,杜茨克还是为我们讲清楚了几个重要问题。"在此他还指出,在杜茨克以前他已经有这类敏感了,"关于发达国家与发展中国家的冲突等问题,埃皮勒[①]很早就作过明确说明,这就是,我们越来越富有,而穷国越来越穷。只是我们一直不肯听。"

俩人会回忆起他们朦胧模糊的起步。从那时起到现在,这期间已经又出现了多少现实。"唉,伤心啊!"他们很有些伤感又带着一些揶揄地说,"我们很会埋怨啊……"她对疏忽了的事情有些懊悔,可她又会将疏忽原因推到变化莫测的环境上,如她所说:"这些完全是由社会造成的。"不论处于何等生活境遇,他们都会抱怨,即便在这么个偏远地区。还很少有这么一代人,早早就变得这般精疲力尽,

---

① 埃皮勒(Erhard Eppler,1926—2019),德国社民党政治家。

不是垮掉了,便是再不愿冒任何危险了。

这就是为什么他们经历了亚洲环境,结束亚洲之行后,在要不要孩子的问题上,仍然得不到明确答案的原因,他们又将一切归咎到新原因上了。在大选空当他们已经做出决定,只要哈姆的母亲一个人在哈德洼住不下去了,他们就将她安排到养老院去。"她自己也这么要求,说,与其搬到我们这儿,更愿意去养老院。"可是当哈姆将朵特的避孕药扔进厕所,想看看"到底会怎样"时,他的朵特却马上暴跳起来——先是在浴室,然后走在他近前。这时她说出了这个电影的结束语:"哈姆,这没用! 一切都取决于大选结果。要是施特劳斯上台,我是不会要孩子的。"我也早将这句话选做电影的开篇语了。

好像这个施特劳斯会成气候似的。好像他的获胜会导致德国人死绝似的。好像他的落选是件大好事。他被寄予希望,又被人担心他会如愿。他本人成了德国人必要的忧虑的化身。他在试衣室里试装,对里面的镜子训斥指责,不希望衣服刚好合体,想让它看上去能瘦一点。不管他走到哪儿,就算是成功的出场,他也能给人一种印象:那是一个富有天赋的角色错置。眼下他竭力模仿施密特,不过其困难程度远比想象的大,出汗这件事就没学会。他如此这般模仿着各色角色,自身变得越来越模糊不清了。

他本人是这样的:既忠诚又残忍。不论在智利事件[1],还是在希

---

[1] 指1973年9月智利军事政变。

腊事件①上，人们都能注意到他同军事独裁者的密切关系；也能看到他对葡萄牙、西班牙长枪党②残余势力的友好态度，到处都能看到他同这些反动势力的手挽手。

我们应该再读一读1974年11月19日(为了考验我们的记忆力)他在拜恩两万人小城松托芬所做的报告。当时为了争取选票，他的报告被大量印刷。我们可以通过这个报告再次了解他，让他留在我们的记忆中，让我们忆起，他那些有关制裁的表达是何等混乱，又是何等确切。

可惜他希冀的危机，他要求自己的追随者去促成的危机，始终没有来临。他常挂在嘴边的话是："我一直警告大家……"这说明了他的好战。对于昔日胜者的敌对阵营，他乐于将他们的当前状况说得一派混乱。他要阴郁地担当重任，可惜《圣经》预言中的艰难困苦没能出现，没能使他成为拯救者。结果，他处心积虑编织的恐惧，也没通过他的演讲流入德国人的心田，尽管那里本来很乐于让恐惧做客。结果，他只能在自己圈里接着做他可怜的先知先觉者。

这个国家不但没像他希望的那样出现债务瘫痪，失业人数也没上攀到他预料的高度。法律条例纵然千疮百孔，恐怖活动却还是在减弱。到目前为止，尽管他的同类在经济界没少得好处，但经济形势并不令他高兴，因为没出现土崩瓦解的经济崩溃；相反经济界还瞅准

---

① 指1967年4月希腊军事政变。
② 二十世纪三十年代创建的西班牙法西斯政党。

时机进行了税收上优惠的投资。就连他在松托芬报告中希望出现的世界危机,也成了竹篮子打水一场空。即便出现了这样那样的问题,对联邦德国的影响总的来说还是极其微小,且尚能由社民党自民党大联合政府承受;必要的时候,联邦总理需要做的不过是对邻国做个提醒告诫。

不但年老体衰的美元没将马克送上病榻,汽油也没落到定量分配的地步。需要救助的大众贫困没有出现。全联邦德国范围没有一起号啕,牙齿打战。没有出现期盼救世主的呼唤,以使恐惧制造者的名字变得响亮。但这个施特劳斯要将这一切强加于他的党派。他自告奋勇,在幕后摩拳擦掌。他打算扮演两个角色:弗兰茨・莫尔和卡尔・莫尔①,却得不到角色分配。

现在,这新十年开始之际,因为果然出现了一些真正的,但不是千呼万唤来的危机,他的话顶多会受到一些考虑,让他缩成一个中等形象。不过在松托芬,通过他的言谈,他在他同僚中的形象还是高大的。只是,即便是他的同伙,也常被他逼到墙角,受一番排射,因而像基普、巴泽尔、科尔等人,都在等待他下台。

本来我很想让哈姆在科灵胡森和维尔斯特的竞选活动中颂扬他党派的成就,颂扬他所崇拜的联邦总理的丰功伟绩,他却表现出没有多大兴趣。他不过模仿了两条勃兰特的名句,和施密特的"我们的

---

① 这两位是席勒的戏剧《强盗》中性格迥异的兄弟。

成功会让全世界瞩目",之后便大谈起蛋白质缺乏问题、第三世界问题,将住房补贴和养老金问题放置到一边。

尽管我向他做了请求(也许我太逼人),哈姆还是忘了将我的有关"两个德国一个文化"的论点放到他的报告中去做介绍。他在不同宾馆大厅做报告时,颂扬两个德国签署了兽医协议时,还会加上一句:"必须继续执行'缓和关系政策'!"关于德国问题他再想不出更确切的了。

在另一方面我做得很成功(以我在希特勒青年团的工作经验),让哈姆和朵特发言时,对那位候选人不要用"法西斯主义,法西斯似的,隐藏着的法西斯"这类词语。他们还接受了我的观点:施特劳斯的作为太微小,没有资格做联邦总理,即便他的绯闻可以当做政绩考虑。

"如果在古巴危机中,一个国防部长不能担当重任,那太惨了!这样的国防部长是不称职的!"哈姆的话得到了大家的掌声。朵特则在她的讲话中说:"他做财政部长期间给人留下的印象,也就是在马克升值问题上,他只给出了一句障碍性的、非理性的'不行'。"

在伊策霍"黑氏咖啡馆",哈姆还发表了我的观点:"这个施特劳斯什么都没有,他的构想里没有公平原则下的社会法规,没有本分的民主改革。就是从保守的角度看,他除了一时热乎的突发奇想,别的什么也说不出来。他的作为连个'哈尔斯坦主义'①都提不上。这个

---

① 阿登纳任联邦总理时,由外长哈尔斯坦提出推行的不承认民主德国的对外政策。

施特劳斯,不过是个能说会道的失败者!"

不管怎样,作为政治家,施特劳斯是失败者。不过我大脑里知道,在另一个领域我认识的施特劳斯①比较成功。我常这样想过:他其实可以,他可能会……

不错,不错,亲爱的同事们,我知道他很危险。他会吸引大众。不论他的追随者还是对手都很明白:他很懂权势。如果他上了台,他会毫不犹豫为个人目的欢呼庆祝。至于如何使用权力,他每天都会想出新点子。

他有的是这种点子,这方面他肯定不枯燥。他有三寸不烂之舌,说起话来滔滔不绝,有时能吐出几十年不用,人们已很久听不到的旧说法。常常地,他言辞的流逝,犹如腹泻。而句子又句句紧接,大有前后倾轧之感。他可以整个晚上喋喋不休,可以一直情绪高涨,鼓噪不绝,这种能力会让我们猜测,他如此这般追逐权力,以至能达到愚笨癫狂的境地,那一定具有别样才能才是。

其实不再是政治家的他的确具有天赋,那是种畸形天赋。他还能反省。如果他反省得早些,他现在有可能是我们中的一员。因为,亲爱的同事们,开始的时候,我们的词汇是多么寒酸无力而又不切实际?那时候,零点的钟声没有为我们敲响。那时候正是五月,是"砍光伐尽"②被宣告为一种风格的时候。

我敢肯定,二战结束后,如果他勤奋些(做军人期间,他曾有不

---

① 以下提到的施特劳斯是一位德国作家。
② "砍光伐尽",第二次世界大战后德国"废墟文学"时期的极简主义写作风格。

清不楚的种族性企图),他会很快有所建树:他曾写过一首很有和平倾向的废墟诗,情调哀怨凄凉。我推测在四七社①的早期活动中,也会有他的参与。如果他刚开始的时候没有参加,也会出现在三年后,在因斯格克芬的修道院颁发集体奖时。不过不管怎样,五十年代初,他本可以在当时由里希特斯为社长组织的聚会上,成功朗读他的心血之作,朗读他的反战小说(或者广播剧)《98型卡宾枪》,本来也很有可能为这本书找到一家出版社出版的。

他很有说"不"的勇气,这样他本可以参加那次在格吕恩瓦尔德的活动,参加那个"反对原子武器装备"的抗议,参加那次"复活节和平游行"。这样他很有可能会同其他人一起被列上巴泽尔(Barzel)的黑名单。当时他在魏尔斯霍芬(Vilshofen)做的无畏讲话"反对重新武装",至今还引人深思。

五十年代中期我们曾有段友好的交往,他同瓦尔泽和卡尔·阿莫瑞也交往过从。在贝本豪森和尼德坡京,我们曾就各自观点和众多世界问题争得热火朝天,焦头烂额。我《铁皮鼓》一书取得的成功并没影响我们的友谊。那次在大木人镇(Großholzleute)颁发四七社奖时,他的讽刺作品《阿洛斯叔叔》险些获奖。那是他的早期作品,几乎还没发表,很有落为明日黄花的可能。颁发集体奖后,他是头一个向我祝贺的人。(然后,天啊,我们喝了个一醉方休,我们喧哗鼓噪,一个比一个能说会道,完全像孩子一样,个人中心,生气勃勃,神

---

① 1947年成立的一个德国作家团体。

经过敏,亵渎圣明,又很虔诚,滔滔不绝……)

他写作起来行文洒脱。"有天分,是个蛮汉",评论家们对他有如此评价。还有的批评他"对文字缺乏控制,文章整体松散"。所有令我们恼怒的粗暴直言,在权欲熏心下,会令他展开强大的语言攻势,直对当今社会。甚至他会以无耻伎俩制造紧张,或给出具多层含义、能照亮天主教环境的观点。他写的两部长篇小说和一个短篇小说,是对生活和我们的时代的描写、报道和透视。《圣灰星期三——三部曲》是一部详尽的叙事编年史,讲的是拜恩一家啤酒酿造商王朝的故事。《误购》是部令人惊诧之作,一架战斗机正在坠落,全书是机上明星飞行员的内心独白。他没有得到不来梅文学奖,但布希纳奖授予了他。(我对他也怎样地敬佩!)

六十年代中期,在"《明镜周刊》事件"上我们曾有过一次统一意见。之后,我越来越多地参与了社民党工作,从此我们分道扬镳。对我的《小布尔乔亚行为模式回潮》一文,他在名为《具体》杂志上发表了题为《小改革家面包师》的文章,对我冷嘲热讽。我做出回应后,他又反击。从此我们成了冤家对手。

这样,他在学生运动中滑向左派便不足为奇了。(据说1967年秋,四七社会议的最后一天,他曾企图同埃尔兰根的大学生一起,去扰乱会场。)他同作家雷陶、傅立特、恩岑斯贝格建立了友好关系,写出一些顺口溜似的诗歌,反对紧急状态法,这些诗找到了出版社出版。在《列车时刻表》杂志中,他写了一文描写蒂罗尔人抵抗拿破仑的自由解放战争。他的文章引起瞩目,因为他在文中将抗击拿破仑的民族英雄霍弗(Andreas Hofer)与切·格瓦拉相提并论。

他很好战,不过只以文字。后来随着暴力活动的发展,出现了枪杀银行高管事件①。他被怀疑同情恐怖分子,被怀疑为"狗头军师",不过最终除了有名的好战外,其他证据都没有找到。

这点是不错的:学生运动高潮过后,他试图靠近德国共产党,不过没有入党。在这期间他写出两个富有拜恩地方特色的剧本,产生了很大影响。生动活泼的对话使人忘却了其平乏无味的政治倾向,让著名评论家凯泽先生欢喜非常。可紧接着发生了联邦总理府的间谍丑闻,勃兰特的辞职,这对施特劳斯无疑是个重大转折点。

离开正统共产党后,有好几个月人们没有听到他的声音,原来他完成了将路德维希·托马②的作品译成拉丁文的翻译,给众人带来了又一次惊喜。除了拜恩之外的其他地区,这本小书甚至被当作学校里的阅读资料。此外,他还出了一本以《老鼠和绿头苍蝇》(*De rattis et calliphoris*)为名的拉丁文诗集,在知情者中获得成功,不过受到左派评论家"隐晦太多"的指责。在这里我要回击这些批评,因为这位遭到指责的作者,在他的现代拉丁文诗歌中,正好对老鼠的社会行为给予了激情辩护,他的文字热情颂扬的正好是绿头苍蝇的无产者美学。我相信,那些受到贺拉斯③影响的诗句,能经受住每个评论家的评议。

---

① 指红军旅 1977 年枪杀银行高级管理人员鹏托事件。
② 路德维希·托马(Ludwig Thoma,1867—1921),德国拜恩州作家。
③ 贺拉斯(Horaz,前 68—前 8),古罗马评论家,诗人。

亲爱的同事们,自那之后,他益发热爱起绿色自然来。他脑子本来就很灵光。新近我们见他开始在大选中为绿党摇旗呐喊,虽然他本来更倾向于大杂烩。我和他都是柏林艺术协会成员。一次会议期间,我同他有过一次友好接近和交谈。我对他讲了我的观点:"你对绿党的投票,会导致你的同姓人①上台的。"像往常一样,他马上对我大声说道:"这又怎么样!他应该上台!这个社会就需要这种人。这种体系的根基就该被动摇。那些呼天喊地的重重困难只能靠危机来解决。然后还得用铁拳……"

我只能随他去了:这位作家!这些人总要将最低的摆到最高处。对此只能让人充耳不听。

以哈姆和朵特为例,对他们来说文学不过用来转移注意力。如果不提哈姆需要通过阅读了解信息,不提他喜欢读的《阿斯泰利克斯历险记》②和一些科幻读物,一般来说他只读侦探小说,而且是英文原文的。有时他也读些同教学有关的知识性书籍、专业书籍。朵特虽从小在农村长大,仍然成了一个书虫,一般来说,她只读与她专业有关的书,新出版的文学作品总让她觉得没滋没味,她会说:"在我看来,这些读物缺乏足够的社会意义。"

其实我很愿意对这两位臆造人物做详尽描写,很愿意将他们细腻复杂的内心世界做进一步展现。如果能让朵特站在布罗克多夫易

---

① 指政治家施特劳斯。
② 法国漫画书。

北河堤岸上,朗读伯恩的诗句,我会很高兴。不过借助西西弗斯旅行社的帮助,借助他们广告上的相关名言,我还是(但愿如此)引发了哈姆对加缪的好奇。(他真会读奥威尔吗?真会理解书名,而不只用它来吓唬读者?)闻天博士也可以对我这两位教师(或者通过维吉·鲍姆)有些推动作用。我们这两位中学教师,专业知识扎实,如果让他们往后成为喜爱读书的教育家,定当有益无害:那会是一个中期结果。

电影应该结束了,只是学校的工作和竞选活动还在继续。竞选结果我还不知道。明天,1980年就会开始,而在它来临之前,在我看来,它仍在云遮雾罩之中,难以预料。最新得到的消息是,苏联军队挺进阿富汗喀布尔。这让我浑身紧缩(好像失去了控制)。赶快到地图上找阿富汗,同时自然冒出许多怪念头。那两个超级大国很可能会采取这样或那样的行动。或者,某个翻译错误会导致一次新的军事行动。我的胡思乱想没有方向,要是打起仗来,我和施隆多夫就得不到拍片许可了。那样的话,全世界的危机顾问也会像我一样没头没脑聚到一起。他们要试用他们学过的一切伎俩:相互之间进行不同程度的恐吓。他们会数到三,会历数:萨拉热窝、但泽……

乌特和我已经请好了客人,我们要一起欢度除夕夜。但愿天气不会有什么变化。主餐应该是红烧牛胸脯配蔬菜汁,还有鱼,当然是比目鱼。

哈姆、朵特就职的学校叫卡尔大帝文理中学，简称KKS。最后一节课后他们准备先回趟家，再去参加竞选活动。他们先要回那个摆满旅游纪念品的老式单元房，去看看那只白爪灰猫，再抓紧吃点什么。他们的大众车是他们做实习教师时买的，一直保养得很好。这时他们上了车，朵特开车。当他们开到铁匠园路上一条较空旷的岔路时，忽然一个男孩出现在车前。紧急刹车之下，男孩儿安然无恙。

这是一个土耳其男孩，约莫九岁十岁，他为自己的幸运笑了笑。他身旁还有几个土耳其男孩，孩子们一起为他庆幸。这时从比邻街道，从楼房后院，从四方八方走来了越来越多的孩子，他们都是外国人，是印度人、中国人、阿富汗人，都是快活的孩子。他们使街道热闹起来，他们在窗边招手，他们从墙头跳下，他们越来越无以计数。他们都为这个土耳其孩子庆幸，为他幸免一难高兴。孩子们围过来触摸他，还用手指敲着那辆完好无损的大众车。里边坐着我们那对没有孩子的教师夫妇。两位教师不知道，他们该用德语说些什么。

译 后 记(一)

君特·格拉斯的这部《德国人会死绝吗?》出版于1980年。当笔者2010年接到翻译任务时,脑袋里的确闪过这个念头:三十年了,会不会过时?众所周知,经典文学具有隽永的生命力,可是三十年前的文学作品谁还会读?

像是要对笔者问题做出回答,德国DVA出版社于2010年8月底出版了萨拉青的《德国自行灭亡》一书,该书一出版就成为畅销书,几天之内销售一空,半年之内再版了十七次。这期间,一位德国学生到我这儿上私人汉语课,我们刚提到这本书,她就说:就是这个问题,我们德国人正在死绝!我问她知不知道格拉斯的这本书,她说不知道,但她说,"德国人正在死绝"的说法对德国人一点不陌生。这个说法同样是萨拉青提出的植根于德国人心灵深处的重要忧患之一。

君特·格拉斯的这部作品写于1979年。1979年中国是什么样子?笔者当时还没上大学,还是天津某机械加工厂的年轻女工。当时刚结束文化大革命、打倒了"四人帮"不久,那是邓小平提出的改革开放开始的重要一年。可正是那年,君特·格拉斯访问了中国!他参观访问了中国许多城市,同中国文化界人士进行了座谈。他和他太太还走访了东南亚一些国家。

那时的德国是什么样子?两个德国还处于分裂状态,德国已经出现了人口危机——这是格拉斯在上海遭遇自行车流时当即想到的,德国还有建造核电站的问题,同发展中国家的关系问题,二战罪责问题,两个德国问题,德国大选问题……所有所有的这些问题都是格拉斯要在他书中涉及的。

德国书评上介绍说"这是一部随笔、小说、电影剧本的集合体",正是如此。大上海的自行车流,让作者遭到触电一般,在大脑中激起了不绝的意识流——即:他的大脑产儿,从关于德国人口的思考又引出了他形象生动的大脑产儿——电影剧本的主角:一对也关心人口问题的教师夫妇,于是他让这对夫妇讨论人口问题,讨论大选问题,讨论德国1968年学运的影响……他将他们在东南亚的经历让给了这对夫妇,让他们去亚洲旅行,其间常常穿插上格拉斯自己的议论、回忆,还有他对作家同事伯恩的深深哀思。

这对夫妇关于"要不要孩子"的讨论实在絮叨,当我将这个想法说给我的德国朋友罗尔夫·缪勒(Rolf Müller)老师时,这位在翻译过程中一直给予我很大帮助的退休教师说:"当时的讨论就是这种情况,总是翻来覆去的。"曾为文理中学的缪勒老师是这对夫妇的同龄人,他很了解那个过去的时代,他说,这些讨论"正是当时德国知识界的心灵之路"。

格拉斯写这本书是要同二十世纪七十年代告别,用以迎接奥威尔笔下的二十世纪八十年代。从那时起,三十年又在倏忽之间过去了,其间的变化不论在德国,还是在中国,乃至世界,又如何能够数清:东西两个德国已经统一二十多年了,中国摆脱了"文革"阴影成了世界瞩目的经济大国,格拉斯在上海不会再陷入自行车流,他会见到拥堵在一起的私家车。而德国以至世界的人口问题并没有发生多少变化,还有核电站……当 2011 年 3 月日本在遭受极强地震、海啸之后,又出现了令全世界担忧的核灾害时,格拉斯书中教师夫妇奋力抵抗修建的核电站已经在德国供电服役二十四年了。

谁说三十年前的一切都已经过去?

本书在翻译期间除了受到先生里查德·威尔金森(Richard Wilkinson)和退休教师罗尔夫·缪勒(Rolf Müller)先生的鼎力帮助外,还受到了德国弗莱堡 La Gaffe 酒馆老板米歇尔·费舍尔(Michael Fischer)先生,及其酒馆周日德国文学沙龙成员林德·伍特克(Linde Wuttke)女士、彼得·施佩特(Peter Spät)先生的驱迷拨雾,在此一并致以衷心感谢。

郭 力
德国弗莱堡
2011 年 3 月 22 日

译 后 记（二）

很高兴人民文学出版社计划出版《格拉斯文集》。这样，作为译者，笔者很庆幸又可以修改一次自己七八年前的译作。

其实让笔者觉得最伤脑筋、最费时的是这本书的书名翻译。2003年台湾的译本将之译为《消逝的德国人》，国内有关格拉斯作品的介绍中，将之译为《头脑中诞生的人或德国人死绝了》。经过请教德国友人，2011年笔者将之翻译为《大脑产儿或者"德国人会死绝？"》，最后以《德国人会死绝？》为书名，经南京大学出版社出版。得到《格拉斯文集》出版计划的消息时，高兴之余，对书名心中仍然有拿不准感。因原文"Kopfgeburten oder Die Deutschen sterben aus"中没有问号。借助在弗莱堡大学教汉语的机会，我在课上征求德国大学生的意见。最后大家一致同意，将原著书名译为《大脑产儿或者德国人正在死绝》，认为"德国人正在死绝"是君特·格拉斯提出的一个挑衅性命题。因为德语中的现在进行时同现在时形式上没有区别，按上下文推理，这个书名还是取进行时为适宜。

当然在通读旧译时，还发现了一些其他错误，借此一并做了修改。

郭　力

德国弗莱堡

2018 年 12 月 12 日

Kopfgeburten
oder die Deutschen sterben aus